听说

初恋回来过

刺

嘉恩·著

北京日报出版社

图书在版编目（C I P）数据

刺 / 嘉恩著 . -- 北京 : 北京日报出版社 , 2019.11
ISBN 978-7-5477-3486-5

Ⅰ . ①刺… Ⅱ . ①嘉… Ⅲ . ①长篇小说 – 中国 – 当代
Ⅳ . ① I247.5

中国版本图书馆 CIP 数据核字（2019）第 202463 号

刺

出版发行： 北京日报出版社
地　　址： 北京市东城区东单三条 8-16 号东方广场东配楼四层
邮　　编： 100005
电　　话： 发行部：（010）65255876
总编室：（010）65252135
印　　刷： 北京欣睿虹彩印刷有限公司
经　　销： 各地新华书店
版　　次： 2019 年 11 月第 1 版
2019 年 11 月第 1 次印刷
开　　本： 880 毫米 ×1230 毫米　1/32
印　　张： 7
字　　数： 145 千字
定　　价： 39.80 元

序

人生的年轮

人生的成长，正如树木的长成，雨水丰欠、光照多寡，都会留下印痕。一圈圈年轮，正是生命历程之忠实记忆。剖开树的断面，或宽或窄，或圆或扁，不规则的形状，往往比标准的圆形蕴含更多信息，更能引起人们的兴趣。人生也如此，鲁迅在给叶紫小说《丰收》所作的序言中说“作者还是一个青年，但他的历程，已超过太平盛世的人一个世纪的经历”，别样的、不平常的经历，对于创作而言，恰恰最为宝贵。这部小说，也给予其雄辩的印证。

小说定名为《刺》，既含了主人公的名字，也属于象征型书名。情节其实不复杂，一个不谙世事的女孩，突然从封闭的空间走进花花世界，面对物欲横流的社会如何保持本真？友情与爱情发生冲突时如何抉择？那种无解、无助的感觉，犹如芒“刺”在背！鲁迅写文章评论张资平小说，最后用一个等边三角形结尾，让人只读一遍，就会印象深刻，难以忘记。但文学毕竟最讲究细节，一个常见的模式，也许蕴藏着不寻常的人物与情节。《刺》脱出了恋爱小说的窠臼，主人公用自己的行动，把爱情和友情诠释得干干净净，展现了一个内心纯洁女孩的追求。

故事的背景是20世纪90年代，少女刺儿突然从思想还不够解放的中国到了高度发达的资本主义国家日本，似乎得到命运的垂青，然而，身份地位、生存环境的巨大变化，给这个十五六岁的少女带来前所未有的富裕荣耀的同时，也带来了前所未有的艰难孤独。对于正处青春萌动时期的女孩子，毫无疑问，渴望爱情、渴望友情，是向这个世界表达的最好方式。而语言障碍所带来的交际限制，让刺儿跟同学夏英成为了相依为命的好友，并与她的男友予桐产生了情愫。随着故事的发展，刺儿为了友情而放弃了爱情，予桐为了亲情而失去了生命。最终，三个花季少年在青春的洪流中领悟了爱、成长、责任与失去的含义，这场青春也随着樱花埋进泥土里……

《刺》是送给青少年的一部有意义的作品，少年终将成熟，而成熟过程中必然要经历阵痛，在面对纸醉金迷的社会以及盘根错节的关系时，如何守住底线，不忘初心，正确抉择便显得尤为重要。透过作者的描写，读者可从中窥探到友情爱情亲情的脆弱不堪，也可以看到成长、责任、承担的重要性，甚至是我们应该如何去爱与救赎。

鲁迅说，悲剧是将人生有价值的东西毁灭了给人看，对于艺术和文学，悲剧可以产生高度的心灵震撼。无论翻译为“净化”还是“陶冶”，卡塔西斯的功能是一样的。之于人生，却并非如此，悲剧毕竟是悲剧，哪怕在网络语言中戏谑为“杯具”。杯子打了，再难复原，人生破了，悲哀永远。男主人公的突然离世，似乎让纠葛的感情得到解决，但无论离开的，还是尚在的，都得不到解脱。我们不相信轮回，但祝愿他们在另一个空间相遇。

中国现代文学史上，“私小说”正诞生于留日学生之手，郁达夫说“小说是作者的自叙传”，《刺》也走这一路子。取材于作者周边人物的真实经历，故而更真诚、真实、真切。

人有悲欢离合，月有阴晴圆缺，此事古难全。正如天气的冷暖、雨水的多寡对树木成长的影响一样，人生也存在许多不如意甚至悲伤、悲痛，但无论如何，我们都要记住：青春是美丽的东西！

是为序。

梁晓声

2019.11

（作者系中国著名作家，第十届茅盾文学奖获得者）

目 录

CONTENTS

01 那时

这样的天空，曾是我们共同拥有的吧。

三个人一起度过的日日夜夜。

还有，永远，失去他的日日夜夜。

刺儿躺在上野附近河边一棵硕大而古老的樱花树下，小河潺潺流淌。她仰望天空，樱花树长长的枝头伸向对岸，微风四起时，花瓣儿随风起舞再缤纷飘落，美到无法言说。她舒展身体，躺在花瓣儿铺就的柔粉地毯上，思绪开始飞扬……

她想到了予桐，想到了夏英，想到了四月漫天飞舞的樱花，想到了许多曾经的人和事。

这样的天空，曾是我们共同拥有的吧。

三个人一起度过的日日夜夜。

两个人静静坐着喝咖啡的日日夜夜。

偶尔一个人独处的日日夜夜。

满心满脑全是他的日日夜夜。

宁愿时间停止的日日夜夜。

还有，永远，失去他的日日夜夜。

远处传来一些声响，像是有人在呼唤她的名字。是大头吧。管他呢。

刺儿想着，意识渐渐地模糊。

02

灵堂

我们的事情还没有任何头绪，就这么戛然而止了？

我们的故事还没有开始，就这样结束了？

我们之间就这样真的见不到了？

现在的我只能拿一切的事情充斥自己，来冲散这种悲伤。

从长野滑雪回来，刺儿整个人像散了架子，放下行李，一下子陷在床里。

家里显得很昏暗，仿佛有看不见的忧郁笼罩着。

电话的指示灯不停地闪着，应该有很多电话留言吧。

刺儿没有去理会，就让它一直闪吧，假装自己没有回来过，假装自己仍然在消失，假装什么事都没有发生过，既然选择了当逃兵，就不要再去想以前的事了。

此刻的她，面无表情。

这几天一直强迫自己一个人生活，强迫自己享受孤独，强迫自己微笑，强迫自己不要去想他，强迫自己……很累。只想好好洗个澡睡一觉，但是又不敢闲下来，大概是怕胡思乱想吧。果然——

不知道予桐说了没有……还有夏英，夏英还好吗……

不想去想，但有些念头还是在脑中挥之不去。

电话不合时宜地响了起来，刺儿不由得打了一个冷战，这是她最怕听到的声音。指尖触到电话听筒的一瞬间，她犹豫了。

要接电话吗？

电话一直响着，每响一下，刺儿都是心里一惊。

该面对的始终要面对，无论怎样，还是逃不过去。想到这里刺儿抿了抿嘴唇，似乎下了很大的决心，拿起了电话听筒。

“……喂？”

“……”

“……喂？”

“……”

对方像是不敢相信有人接了电话。长时间的停顿之后，电话那边传出夏英的声音。

“予桐……死了……”像是一种临界死亡的频率，刺骨而微弱。

“什么？”

“予桐死了。”这次的声音却是出奇的平静。

刺儿愣在电话这边。

“死了？予桐？！”

“是……”

接着传来哭声，夏英像个孩子一样，号啕大哭。

认识夏英这么久，这是头一次听到她的哭声，刺儿有些不知所措。夏英哭了好久好久，哭到电话这边都有了湿湿的感觉。

痛哭过后，是抽泣，然后是哽咽，最后是沉默。

夏英开始断断续续地说些什么，大概是予桐的死因吧，就这样一直说，一直说，说到刺儿感到声音越来越小，越来越模糊，什么都听不到了。

予桐死了。

刺儿陷入了“怎么会有这样的事发生”的思考中，一切就这么结束了，剩下的斑驳的记忆不过是沉重、暗淡、莫名其妙的空虚。

电话那边，夏英听不到刺儿的任何言语，她还在不停地说着什么，好像又哭了。

电影里的人们总是在听到亲朋好友过世的消息时崩溃哭泣或者哀号。但此时此刻，刺儿却只是愣在原地，良久。她甩了甩头，好像什么事都没发生一样，奇怪，自己怎么会如此冷静呢？予桐，是予桐啊……

空白，一片无声的空白。

脑中的思绪有一下子飞出去的感觉。

奇怪，竟没有悲伤。

刺儿放下电话，打开窗。

天空湛蓝得耀眼，几朵白云飘过，就像此时的心情，抽空般的寂静。

当天晚上，夜，静得使人沉醉。刺儿躺在床上，用她的小脑袋想着今天发生的一切，怎么回事？怎么会有这样的事发生？怎么自己才去长野的短短几天世界就变了呢？怎么……怎么……？

我们的事情还没有任何头绪，就这么戛然而止了？

我们谁都没有遇到过这种事，丧事这件事谁会呢？我们还什么都没经历过，怎么遇到了这么大的事情？这么让任何人都无能为力的事情呢？

谁能来帮帮我？谁？无论是谁，能来帮帮我？

对了！还有大头！这个像哥哥的一样的朋友……想起来就立刻给他打电话。

“大头……大头……”

“是，刺儿？是你吗？”

“你来帮帮我，只有你，只有你，能来帮我。”

“不要着急，出了什么事情？”

接下来的几天，大头开始帮助夏英筹备葬礼的事情，安排葬礼的时间，请人为予桐清理身体，通知死者的朋友，布置灵堂……

大头这个男生稳重妥帖得让人全身心地信任，夏英和刺儿也都被他安置得妥妥帖帖，让她们两人不至于被这种巨大的悲伤冲倒。

而此时的刺儿仍然在思考“怎么会有这样的事发生”。

人面对这样巨大的悲伤时，第一时间都是没有时间、没有精力去悲伤的，我们还没有能力去思考这个人，是不是真的去世了？是不是我们真的再也见不到了？我们现在只能用一切的事情来充斥自己，来冲散这种悲伤。

刺儿与夏英再次见面，是在灵堂。这一夜，刺儿和夏英为予桐守灵，准确地说，刺儿是为了陪伴悲伤的夏英。

进入灵堂的第一眼，她就看见了蜷缩在角落里，抱着膝盖低着头无声地坐在那里的“小马来”。这个人是予桐的弟弟，是自己这段时间面对的人生唯一见证人。

刺儿看着这样的他，缓慢地、一步一步地走向他。

当刺儿走到他身前时，“小马来”迟钝地抬起脸望向她。刺儿见到了一张满面花色、鼻青红肿的脸，那是一个年轻的、稚嫩的、无助的男孩的脸。

“你……怎么……”

“小马来”见到来人是刺儿后，原本没有聚焦的眼神突然就满是悲伤，眼泪瞬间就涌出来了。他也不懂自己为何见到她，才能把真正的自己倾泻出来。大概是这个女孩身上，有哥哥的影子吧。

他有太多话想和刺儿说，但所有的话都堆在心口，被一双无形的手用力往下压，往心里面塞。一个字，就连一个字也说不说来。

“小马来”不懂自己才16岁，别人的人生才刚开始，他怎么觉得自己的人生好像走到了尽头。没有了哥哥，他的人生该怎么办？难道注定要充满悲伤又无助？而那件事还没有完，让他担心又害怕。

未来呢？未来，该怎么办？

予桐躺在正中间的灵柩里，刺儿和夏英坐在两边，灵堂里出奇的安静。按照规矩，葬礼前夜的通宵守灵，亲友应该在灵柩前一起缅怀死者的生前事，直到天亮。

然而此时此刻，没有人开口说话。

夏英默默看着予桐的脸，一刻也不曾移开目光。刺儿看着四周，目光游离，始终找不到可以定住目光的地方，但她知道，绝对不是予桐的脸。她不敢走近他。甚至不敢把头转到灵柩的那边。

夏英开口打破了沉默。

“刺儿，你看我穿的这件衣服，还记得吗？”

“……”

“就是有一天放学的时候我们一起买的呀，我硬拉着你陪我，找了好多家店的……”

“是……啊？……”

“对啊，就是那件，记得我当时说过什么吗？”

“你说……不知道什么时候才能……才能有机会穿上它……”

“是啊……买回去以后一直没穿过，现在想想……好像，好像是特地为今天准备的一样……”

“……”

“刺儿……”

“嗯？”

“谢谢你。”

“不要这样说。”

“如果没有你，我不知道该怎么办……”

“别，别这样说……会说出这样的话，很不像我认识的夏英。”

“以前的夏英，是予桐的夏英啊……没有了予桐……我也不知道自己是谁了……”

“别这样，予桐不会想要听到你这样说的！”

夏英用力地点头，又摇头，眼泪使劲外涌……

刺儿走到夏英身边，像个慈祥的长辈似的，轻轻抚摸她的头。夏英一把搂住刺儿，开始抽泣，眼泪止不住地再次涯出。

“……我不该……我不该把他抢过来的……他不和我在一起，就不会到日本来，也就不会……”

刺儿心口一紧。

说着哭着，不知不觉，夏英睡着了。

刺儿自言自语，像是在重复夏英的话。

“我不该把他抢过来……”

03

新世界初始

最是那一低头的温柔，像一朵水莲花不胜凉风的娇羞，道一声珍重，道一声珍重，那一声珍重里有蜜甜的忧愁——沙扬娜拉！

日本。樱花。父亲。大头。还有，16岁的刺儿。

此刻，由北京前往东京的飞机正在平缓地飞行中。从窗口望去，下面是在家中早已看过无数次的日本版图。

“海岸线……真的和地图上一模一样啊……”

刺儿感叹着。想到挂在家中墙壁上的世界地图，心中忽然升出一种被抛弃的怨恨。这种怨恨，不知是对父亲，还是对母亲，更或者就是在怨恨自己？将她送到那个遥远而又容易迷失的环境里，她从来没有一刻像现在这样渴望呼吸到北京的空气。

前几日寻常地放学回到家，在家门口刺儿就感到一阵心中不爽，没有任何缘由地气闷。她深呼了两口气，把这些无端的思绪抛诸脑后，轻快地打开家门。

“姥姥，我……”

现在想起来，那天的情景着实是让自己压抑到胸闷的。家中来了很多亲戚朋友……还有一个气势十足的男人，他身边还坐着一位妆容精致的年轻女人。姥姥坐在离门口最近的地方，一直靠在母亲怀里抹眼泪。

在刺儿推开门的一刹那，屋子里所有声音都被按下了静音键，只能听见姥姥低声压抑却也止不住的悲伤。这个声音在刺儿到日本后的夜里，也经常能响起，隐隐约约，但听得不太真切。

“姥姥，你怎么哭了？”刺儿坐在姥姥的身边，拿起姥姥的手放在自己手心上。目光环视了一圈屋子里的人，不过对那个陌生的男人多看了几眼，便把目光定格在母亲那张平静到无法掀起任何波澜的脸上。希望母亲可以告诉自己现在的这种让人毫无头绪的状况的缘由。

在这场寂静里，令刺儿十分惊讶的是，一屋子里的人都是正装出席的，尤其是那些许久也没见过面的亲戚，更是精心打扮过的。

相形之下，刺儿宽大的棉布衬衫和一条肥肥的运动长裤，这样的打扮显得过于简单。她对自己穿什么、用什么向来也是没有要求的，姥姥给她买什么她便用什么。因为她一直相信母亲告诉过她的：物质上的富足往往是用来弥补心灵上的空虚。

“乃馨，你来。这位是你的父亲。”

刺儿惊愕地抬头望向平静说出这句话的母亲，再由母亲的视线，缓慢地、呆滞地望向那个陌生的、被称为父亲的男人。

一个男人缺席了她十六年的人生，现在倏地把自己推到刺儿面前让她来接受这件事。尽管母亲很早就和自己讲过他们两个人是和平分手，因为没有爱情是无法让两个自由的灵魂相互依靠的。但是刺儿的心中还是充满郁结的，自己的母亲再优秀也无法代替孩子心中那个伟大的像神一般无所不能的角色，没有人能填满父亲在女孩心中那块缺失的、无法弥补的遗憾。

吃饭时，刺儿表现得尽量平静，安静地坐在姥姥身侧，脑子早已冒出无数气泡。她不知道父亲为何而来。但应该不是什么好消息，否则姥姥怎么会哭得这么伤心？但好像也应该是什么好消息，否则大家为什么都这么开心？

大家开始有礼貌地场面式的交谈，你来我往，刺儿的眼神无精打采地划过每个人脸上的笑容，真是无聊啊。

她开始注意到父亲身边那位陌生的女人，母亲向大家介绍说她是父亲的合伙人——远藤爱子，是个日本人。她是一个安静的人，说话时声音很小，大部分时间是在微笑和专注地倾听，经母亲翻译明白别人的意思后，再礼貌地回答，进行下一步谈话。通过观察，刺儿还是猜不出父亲和这位女人的来意，只是见着她着装很是讲究，暗灰色的洋装小礼服，看上去质地很好，一双黑色的圆头小皮鞋，擦得一尘不染。通身暗色调的着装，却有着细微的颜色渐变，给人一种毫不张扬的淡雅之美，很舒服。

陌生女人胸前的一颗纽扣，引起了刺儿极大的兴趣，这是一颗哑光古铜色的金属纽扣，衬在暗灰色的衣服上却散发出一种温润的光泽，扣面上是一颗不大不小的水钻，光照下是明亮的，细看下却是晶莹的，真漂亮啊……看着看着，刺儿不知不觉地陷入了胡思乱想中。

胡思乱想是刺儿最大的乐趣，同时也是亲戚眼中最匪夷所思的怪癖。刺儿常常陷入自己的想象世界，眼神呈放空的状态，脑子却在飞快地运转。例如从一双筷子的形状联想到古巴比伦动人的爱情故事……被众人唤回到现实世界中时，往往会说一些莫名其妙的话，乍一听有些傻乎乎的，仔细想想却很有意思。

此刻，刺儿正饶有兴趣地看着陌生女人胸前那颗纽扣，她喜欢这种细腻、稳重，而又透着淡淡温润的感觉。

这让她想到了日本，那个小小的岛屿，却拥有一种细腻而神秘的美感，让刺儿有一点点心动。

最是那一低头的温柔，

像一朵水莲花不胜凉风的娇羞，

道一声珍重，道一声珍重，

那一声珍重里有蜜甜的忧愁——

沙扬娜拉！

这首徐志摩献给日本女郎的诗，是刺儿对日本最为感性的认识。刺儿永远也忘不了那次当着全班朗读这首诗——沙扬娜拉——这是一个多么温柔的音节组合，双唇微张微合，忽然一种柔情涌上心头，那种细腻的温柔，宛若日本女人娇羞的回眸。

啊，还有，还有就是小时候的一个宝盒。刺儿的思维一下子跳到自己六岁的时候。

那时候母亲经常会收到一些稀奇古怪的宝贝，当刺儿问起，她总是安静一会儿，再告诉女孩：这是她父亲寄来的礼物。这些礼物就是刺儿对于自己父亲所有的记忆。每每这个时候，刺儿总是表面假装不在意，却暗暗记住母亲存放宝贝的地点，等姥姥不注意的时候，悄悄跑去，一探究竟。

年幼的刺儿不知道这种举动是因为什么，现在想来，大抵是无法抑制的思念不想被任何人发现吧。她怕母亲会受伤，怕姥姥会哭泣，怕自己……

刺儿缴获过很多宝贝，玩偶、头饰、精致的蕾丝手帕，丝巾扣……终于有一天，她在母亲的梳妆台上发现了一个大宝箱。它由六个同样大小的摞在一起的木制盒子组成，每一层都是扁平见方的，暗红色的底，金色的棱，面上描着幽蓝色的花边和淡粉色的花瓣。

暗红、金、幽蓝、淡粉——那是一种奇妙的组合，淡雅的美中透出一丝妖媚。

淡粉色的花瓣纷纷落下的姿态透着淡淡的悲伤。刺儿看得入了迷，完全忘了自己偷偷摸摸不想被发现这回事。直到妈妈走进来，将宝盒一层一层地拿下来，里面放满了妈妈的首饰，亮闪闪的光映在刺儿红扑扑的小脸上，煞是好看。

从那以后，刺儿每隔几天都要妈妈把宝盒一层一层地拿下来给她看，百看不厌。在刺儿的心里，那永远是自己的宝盒，是她童年最美好的记忆，独一无二，无可取代。

想着想着，刺儿脸上露出了恬静的微笑，很幸福。

可惜，周围客人肆无忌惮的笑声将胡思乱想的刺儿无情地拉回到了现实中。

刺儿一抬头，正看到父亲同时微笑地看着自己，四目相对，刺儿不知做何反应，只能茫然地看向姥姥。

“我不同意！坚决不同意！”姥姥用力把筷子拍在桌上，啪的一声，让刺儿的心跟着颤了一下。

“她才十六岁，我怎么能放心她一个人去日本？”

“还有你，”她盯着父亲，气喘吁吁地说：“你恐怕连自己都照顾不好，怎么能照顾一个孩子?”

刺儿才知道，那天赴宴大有来头。

父亲满腹抱负，很早就有意向下海经商。在和母亲分开后，就孤身一人到日本奋斗。想来这些年成绩不错，生活也稳定无忧，便想把自己的女儿带到日本给她更好的物质和学业上的照顾，来弥补自己这么多年的分离。而母亲也觉得日本的留学生活能让这个单纯的女孩更快地成长，能接触更开放的思想。这在当时的中国，自然是一个绝佳的机遇。对此，全家人都很兴奋，原因也都各不相同。

而刺儿呢？她的想法呢？

或许没那么重要？或许大家的想法也是她的想法吧？

在父亲和合伙人离开时，合伙人冲刺儿笑了笑，只说了一句话。

“好纯净的女孩子啊。”

没错，就是那个微笑，一个灿烂如花的微笑，仅此而已。却改变了一个女孩子的命运。

刺儿怎么也想不到那个无意间的微笑会使她远离祖国，远离家人，现在坐在飞往东京的飞机上。

广播中响起空姐甜美的声音：“各位旅客，还有20分钟，我们的飞机就要降落在日本的首都——东京成田国际机场……”

这句话让刺儿感到浑身不自在。她起身来到洗漱间，用清水洗了洗脸，梳理一下头发，再扣好领口最上面和袖口的纽扣，这是一个十六岁女孩特有的细腻。

整理完毕，她对着镜子露出笑容，灿烂得有些心虚。怎么能不心虚呢？自己完全不懂日文，先前的几天补习显然没有效果，一紧张就只剩一句“你好”和那个久违的“沙扬娜拉”了。

一下飞机，刺儿目瞪口呆地愣在原地。忽然发现在家的时候早已熟记的地图，到了当下完全派不上用场。熙熙攘攘的人群，纵横交错的地铁线，肤色各异的人们用天南海北的语言叽里呱啦地交谈着……

还好，并不熟悉的父亲出现在陌生的人群中。

这次他的身边，出现了另外一张陌生的、洋溢着热情笑容的女孩子。是和之前日本女人完全不同的类型，唯一的共同点就是青春吧。

“这是我的生活助理，广田真实。”这时的父亲比起第一次见面仿佛高大了许多，不知是不是刺儿的错觉。“你们两个女孩子年纪相仿，我想她能更好地照顾你。”

这个个子高大的女孩子，有着匹配的洪亮嗓音：“请多关注，我叫……广田……真实。”

蹩脚的中文，和标准的90度弯腰，让刺儿瞬间对这个女孩产生了好感，尽管两个女孩子语言不通，但她开朗热情的笑容消除了刺儿心中的阴霾和不安。坐在宽敞的后座，刺儿感到落了地的踏实感，也让她对之后的日本生活有了更多的期待。

从车窗向外望，她开始欣赏这个陌生而神秘的国度。

日本的天空，是一种清透的碧蓝。就是那种一眼望到底，发现还是碧蓝的蓝。

这是个樱花初放的季节，风一吹，樱花随风飘舞，漫天淡粉色的花瓣，飞到大街上，飞到屋檐上，飞到行人的口袋里，飞到公园的婴儿车里……每一处都是整洁的、漂亮的。街上的行人或行色匆匆或彬彬有礼地打着招呼。新世界初始，刺儿新奇得有些眼花缭乱。

16岁，是童年的结束。

结束，是一切的开始。

就这样，在刺儿还没有准备好的时候，在日本的生活已经开始了。

父亲的家在一个离东京有一段距离的小城镇。

开车从机场没多久也就到了，父亲还没来得及好好了解女儿的喜好，还没有看明白女儿的态度，车子就到了家门口。

刺儿看亲戚的态度大概也是能猜到父亲的经济实力的，只是没曾想过，会如此的雄厚。从大大的铁艺门往里看，都是别致的景观、小巧的植物，始终望不到建筑的踪迹。车子开进庭院，七拐八绕才到房子门口。

父亲疾步下车绕道另一侧给女儿打开车门，刺儿静静地看着父亲伸来的手，看着那和母亲、姥姥截然不同的厚重手掌，把自己的手交了出去。

“谢谢。”

广田真实带着刺儿来到了早就为她准备好的房间。柔软让人深陷的床、轻飘飘的粉色窗幔、大大的能看到第一缕阳光的露台、比她之前房间都大的摆满衣服的衣柜……

这些都是刺儿之前的人生中从来没有想到过的事情。

母亲从小告诉她，物尽其用：事物只有不附加太多的外在，才能发挥它本来应有的责任。这些虚荣浮华的外在，是浪费，会让人沉溺而失去本心。

刺儿不懂自己有没有物尽其用，她只是觉得这个房间好大，床很大、窗很大、门很大……而自己，很小。

在她没有想明白其中的原因，就被广田真实拖到了衣柜前，广田真实见自己说了一大段话，刺儿都没有回应反而越来越茫然。猛地拍了一下自己的额头，才想起来刺儿不懂日语。广田指了指刺儿的裤子，用手臂摆出一个大大的“×”，脸上还带着显而易见的不赞同。又从衣柜里拿出一件连衣裙，喜笑盈腮地竖起大拇指。

刺儿见她这样扑哧一声笑出来声，广田真实也反应过来自己的模样，开始哈哈大笑。这两个性格迥异的女孩在这一瞬就突然成了朋友。

刺儿换好衣服出来，父亲激动地从沙发上站起来，广田真实跟在父亲身后一直给她拍手。这对于刺儿是一种新的体验，她不知道自己离开宽大的运动服之后，会是这般模样。从来没有穿过这样鲜艳的颜色，从来没有穿过这么短的长度，从来没有穿过这么贴身的款式……

父亲给予他的一切，都让这个女孩不安而又欣喜。

父亲把女孩带到沙发上坐下，犹豫着也坐到了刺儿身边。这个像花一般的女孩子本应该是和自己最亲近的人，现在陌生得像初次见面一样无言。这个在商场上杀伐果断的男人，在面对自己女儿时像世间所有的父亲一般，毫无保留地爱到了讨好的境地。

“我让广田来照顾你，帮你多了解了解日本。”思考了一会儿，父亲开口说道。见刺儿没有任何不情愿，便接着说：“过几天，爸爸带几个好朋友来见见你，这些都是爸爸在日本的朋友。”

这个高大魁梧的男人在说出“爸爸”两个字的时候，由着自己都不知道地颤抖，这样两个字代表了太多太多。

“爸爸想把自己的女儿介绍给大家认识。”

之后的几日，广田真实每天都有带刺儿出门，父亲给她们安排了一个高大阳光的年轻男人来当司机和助理。广田和刺儿的交流也越来越流畅，当然不是刺儿的日语突飞猛进，而是得益于广田的秘密武器！

广田真实很会画画，寥寥几笔形神兼备，让刺儿颇为佩服。

她们出门的目的也很明确，就是购物。最当季的款式、最热门的服装、眼花缭乱的品牌都被广田真实一股脑地塞到刺儿的怀中，一直和刺儿重复父亲、父亲……

刺儿不懂父亲为什么要给自己买这么的东西，太多东西还没打开就堆在房间里了。她不懂父亲如果对她好，为什么不亲自来陪陪她？她不懂父亲如果对她不好，为什么会花这么多钱送她用不完的东西？

刺儿想，可能是自己还太小，看不懂父亲。父亲一定能看懂她吧。

父亲，能……看懂……女儿吧。

这场欢迎会，就在刺儿拒绝了第八次广田真实出去逛街的那天开始了。

就在房子后面宽敞的草坪上，这片专门用作聚会的草坪上举行。

当父亲把刺儿带到众人面前时，聚会早已觥筹交错。草坪边摆满了鲜花烛火，场地中间美食和美酒早已备满，所有人衣香鬓影、高谈阔论好不热闹。父亲的朋友们看见这个洁白的中国女孩，纷纷前来交谈，一群男男女女叽里呱啦地喜笑颜开，虽然听不懂，但是刺儿隐约感觉到他们的友善和赞美。

“好可爱的女孩子呀！”

“是呀！”

“看到可爱漂亮的小姐，眼睛都会不舍得眨一下！”

一位优雅的日本妇人一边向着周围人说话，一边转过脸来看刺儿边赞不绝口，笑容温柔而典雅。

“希望你们都能喜欢她，那真是再好不过的呀！”

父亲总是面带微笑，颇为自豪地和众人交谈攀谈。

刚刚的那位日本妇人挽着一个高大、强壮、浓眉大眼的男孩，向女孩走近。父亲立刻开怀大笑，“好久不见了，小林君！”经过父亲介绍，刺儿才知道，之前在北京一面之缘的陌生女人，竟然是父亲多年的合作伙伴兼好友，是一家大公司的领导人。而那位有一双大大眼睛的男孩子，就是妇人的儿子，是东京大学的高才生。

“我是……小林拓野，请多关注。”男孩首先伸出了手。

“我是李乃馨，请多关照。”

女孩子说话的样子，着实可爱，逗得三人大笑。

当众人要离去时，刺儿眨了眨眼，也学着他们的样子鞠躬，并微笑着用不太熟练的日语说着。

“请，请多多关照啊……”

众人笑得很开心。刺儿的单纯与善良，总是在无意间博得大家的喜爱。

这样干净纯粹的女孩子，谁不喜欢呢？小林拓野在心底默默地想。

初到日本，人生地不熟，刺儿喜欢外出散步，借以熟悉一下周围的环境。

经常散步的街道上住着很多“二战”时期战犯的家属。着装得体的老妇人们总是在刺儿经过她们身旁的时候深深地鞠上一躬。

“……我们有罪，我们有罪……”

不明就里的刺儿一脸茫然，时而连忙回礼，时而报以尴尬的微笑。多年后，老妇人们在樱花树下鞠躬的情景仍时常浮现在刺儿的脑海中，那就是所谓的和谐吧。

而身边广田真实就像是最年轻的一代日本人。她是一个很俏皮开朗的女孩子，她总是手舞足蹈地向刺儿比画着手势，试图给刺儿讲一些自以为好笑的冷笑话，而刺儿往往是在明白了对方的意思之后，觉得实在是不好笑，干脆假装没有听懂。但广田似乎乐此不疲，继续讲着。

她有时会骑着摩托车，带着刺儿风驰电掣地飞过田野；她有时会牵着刺儿，走进一家家深巷中的小店；她有时会拜托司机木村带她和刺儿到附近的城镇游玩。

说是游玩，其实是把刺儿放在一家面店里吃面，她往往会画两张画，左边是一碗热气腾腾的汤面，右边是放着鸡腿的饭菜，等刺儿选好，她就和木村偷偷去约会了。在路途中，广田坐在前排和木村聊得热火朝天，刺儿刚觉得无聊准备望向窗外发呆时，广田总要兴致勃勃地比画几下或是画出几笔给刺儿看，时间总能拿捏得恰到好处。

这让刺儿有些哭笑不得但又不好说什么。三个月后，刺儿已经掌握了基本的日常用语，心想终于可以摆脱当电灯泡的命运了，可广田真实与木村却意外地分手了，这让她第一次感到人生的无常。

本以为以后的时间就有了父亲的陪伴，但是事实往往不能尽如人意。

刺儿的父亲总是太忙，太忙了。白天总是见不到人，到了晚上，刺儿也只能远远地望着这么陌生而熟悉的男人。

深深的庭院里，夜晚是完全区别于白日的热闹和喧嚣。白天院子里往往只有广田真实和刺儿两个人在，所有的人都是和夜幕一起涌入这座房子。他们张扬着、吵闹着把刺儿的父亲带到这个家中。

这时的刺儿，总是一个人静静地待在房间里，她不愿意去奔赴一场又一场的热闹，没有力气去应对一个又一个笑脸。此时的广田真实也早就不知所踪了。

等到夜色阑珊，人群散去，这位父亲也是没有时间陪伴在女儿左右的。

他有时是和几个人一同待在会议室；有时是同人群一起远去直至第二日的狂欢来临；有时是同面目不清的一个个女人一起。

他给了刺儿的东西实在太多，唯独没有时间能给这个安静的女孩。

这样无措的生活总是很短暂，没过多久，刺儿便每天到语言学校上学。每天早上六点起床，骑单车十五分钟到饭能车站搭电车，分别在所沢、池袋转车后到达东京的市中心涩谷，下车后再步行十分钟到学校上课。天天如此，生活开始进入规律而忙碌的状态，尽管如此，却是很充实的。

每天下课后，刺儿总是早早地回到家里。到自己的房间里的第一件事就是将衣领上、口袋里的樱花瓣小心翼翼地摘出来，夹在书里，宝贝似的珍藏起来。刺儿认为这些樱花瓣落到自己身上，是它们自己的选择，是注定的，所以要善待它们。

很少的时间，父亲会在家里吃晚餐。每到这个时候，刺儿就会想，这样宁静的幸福，是因为有父亲的关爱。

但多数时候，是她自己一个人吃饭。广田真实有自己的生活，而刺儿刚好可以和姥姥和母亲打打电话、聊聊近况。

姥姥总是有太多事情不放心、要叮嘱的，总是用眼泪来结尾。

和母亲聊天，总是能让刺儿平静许多。对于语言的不便，母亲总说环境会督促人成长。告诉她这两年不要回国，有退路、有依赖会让人懈怠，而无法拼尽全力的。

其中的道理，刺儿也是同意的。

然而每天早上挤地铁的时间，让刺儿很是头疼。早上的地铁总是人满为患，瘦弱的刺儿自然是抢不到座位的，于是只能选择一个偏僻的角落，昏昏沉沉地靠在扶手上打瞌睡。一路下来，人都会挤变形的。

不知从什么时候开始，只要刺儿上车，走向扶手那边，便会有一个人做出要下车的样子，将位子让给她坐。刺儿想都没想就坐下去昏昏沉沉地睡着了。那个人总是站在刺儿的前面，为她挡住拥挤过来的人群。而车一到站，刺儿便晕晕乎乎地挤下车，留给别人一个匆忙的背影。

刺儿能想起见小林拓野的第二面，是一次家庭聚会的午宴。父亲正式把自己介绍给上次的日本妇人一家。

远藤爱子，这位优雅的日本妇人。刺儿早在广田真实那里听过太多关于她的传说，其中由于广田夸张和道听途说的描述，而真假难辨。只是能感受到这位优秀的女性，是个非常温柔的人，同母亲清高淡然的温柔不同，这个女人的温柔中带着一种包含万物的力量，是一种将自己置身于世俗的能力。

小林拓野，一个阳光、拥有温暖笑容的男孩子。美中不足的是男孩的头有些偏大，远远地看过去，与身子不成比例，所以远看他的背影会有一种喜剧效果。刺儿便开玩笑叫他大头，他是远藤爱子的儿子。在刺儿来到父亲家的一月后，大头断然从东京的房子搬回到小镇里住，美其名曰：家里住得舒服，宽敞。这次聚会，便是大头的接风宴。

席间，远藤爱子一直在讲大头的趣事，说他自从去东京读书后，整个人都变得勤快起来。现在回家每天七点就要出门，美名其曰是去晨练，他父亲要一起还被嫌弃跑不到一起。与其说晨练，不如说刚好送小妹妹刺儿去上学。

于是乎，这个“恋家”的男孩，开始在每天上学的路上，担负起了给刺儿占座的职责。直到一个月过去了，刺儿才恍然觉得，这个大头好像有些眼熟，是啊，天天早上站在自己面前，怎么能不眼熟呢？

大头十分爱笑，而且讲笑话的功力要比广田真实好一些，有大头的地方，总是充满了欢声笑语，这是让刺儿很欣慰的一点。

但大头无微不至的照顾，也让她有些不安。

女孩子的心事总是纤细而敏感的，刺儿却也说不出哪里不妥当，和大头的关系也就来不及思考地越来越亲近起来。

能亲近的主要原因，是刺儿觉得，大头与别人不一样。

他和那些所谓的上流社会不一样。

他和自己的父亲不一样。

这个男孩子绅士、干净、有礼节、懂分寸，有着丰富的见识，和坚毅的克制，是个不可多得的人生挚友。这些优秀的特质，吸引着这个来自中国的女孩子，把一些对日本的偏见都改正。

不知从什么时候开始，大头接下了照顾刺儿的工作。两个人经常相约出去，听闻最近上映的新影片，街上贴满大大小小的海报，吸引着两个人走进影院。海报上是两个人相视微笑，男孩子伸出手想要抚摸即将消失的女孩的脸庞。

等坐到电影院里大头才发现，进来观影的多数都是情侣，亲亲腻腻地抱在一起。而自己身边的傻姑娘还在一直喋喋不休地讲，今天上课老师说的日语习惯和中国文字习惯有什么不同。

当电影开始，周围漆黑一片时，大头的眼中仿佛只能看到身边女孩忽明忽暗的脸庞，他目不转睛地盯着女孩，手臂抬起来无数次最终还是放下，用力攥了攥拳头，也是始终没有动作。

而此时的刺儿呢？

正在过分刻苦地跟着字幕，温习着今天老师讲过的句式。对身边的一切，毫无察觉。

看完电影两个人散步回家。

“你喜欢今天的电影吗？”

“电影很美，画面真的很美……”

刺儿害羞地看了看身旁的大头。

“就是，我没太听懂究竟故事在讲什么。”

大头也跟着笑了笑：“那你喜欢日本吗？”

还没等刺儿回答，大头紧跟说：“你看日本这么美。”

刺儿也不能回答这个问题。她也不懂自己到底喜不喜欢日本，在还没来日本之前，她对这个国度都是埋怨和厌恶，即使母亲说得再多，在女孩子的心里依旧是认为日本夺走了自己的父亲，是日本让自己失去了拥有父亲的权利。而到了日本之后，她才明白：是野心、是物质、是欲望让父亲离开了自己。

要说喜欢，总归是有一些的吧。

喜欢这里像海一般的樱花，喜欢这里蜿蜒无尽的小径，喜欢这里总能偶遇让人惊喜的小店，喜欢这里清澈明亮的天空。但，还是怀念自己家乡的一排排银杏，还是想念自己家乡的胡同，还是想回到那个有姥姥、有母亲的家中。

后来，大头还是多次提起这个问题。

刺儿都是笑笑，没有回答。

终于有一天，大头让刺儿无法再去逃避该回答的问题了。

那是东大有名的圣诞之夜，大头邀请刺儿来参加自己班级举办的活动。大头开朗的性格让他在班上有很高的人气，他一出场便有很多同学过来打招呼。而他身边这个小小的、可爱的女孩子也让大家都很感兴趣。

“小林君，这个女孩子好可爱！”

“请问，是你的妹妹吗？”

“这个女孩子，更像女朋友吧！”

周围的人七嘴八舌，根本就没人听得到一句完整的话。

“刺儿！”

大头向着人群喊道。

“你能，你能做……女朋友吗？”

“能做我的……女朋友吗？”

大头向刺儿表白了，因为过度紧张，他支支吾吾地说了半天，刺儿才明白到底发生了什么。周围的声音立刻开始爆炸，席卷了整个场地。

口哨声、叫好声、拍手声络绎不绝，这些都让刺儿变得无法自已地别扭起来。

“你……嗯，谢谢啊，你对我真的很好，但是，但是我最终是要回中国的……”

刺儿语无伦次地嘟囔着。

大头一愣，挠挠头，站在原地，傻傻地笑了。

“我喜欢你，这跟回中国有关系吗？”

那一刻，刺儿真希望大头是自己的哥哥，亲哥哥。

“刺儿不错呀！要努力加油哦！”

远藤爱子出于对刺儿的喜爱，总是这样鼓励自己的儿子。

刺儿明白自己始终无法接受日本的男孩子，自己即使是早已不厌恶日本，但始终对于整个国家带给自己的伤害而刻骨铭心。自己这些别扭的心理，是肯定无法说出口，无法讲给大头听的。

大头只是笑笑，不再提这件事，此后的日子里，大头依然每天早起为刺儿占座，果然像兄长一般对刺儿不离不弃，两个人都心照不宣地明白，即使回中国是一个借口，但是对结果不会有丝毫的影响。

生活就这样继续，从未曾为谁停下脚步。

刺儿始终无法适应父亲的生活，故事中的城堡，画报上的珠宝首饰，当季热门的包包衣服，以及所有女孩喜欢的所有东西。这些都让刺儿无法适应，所以当房间越来越满的时候，刺儿就越来越思念姥姥和母亲。想念姥姥洗得发白的床单上泡沫水的气味；怀念和妈妈一起看书、一起吃饭的时光。

她不喜欢这一场又一场喧闹的聚会，她不喜欢家中出现的一张张陌生女人的脸，她不喜欢这些昂贵却束缚的衣服。

这一切的一切都让她窒息，想要逃离。

结束在小城镇里的生活时，已是到日本的一年多以后了，刺儿告诉父亲因为学业的需要，她要一个人搬到东京去住。

这位父亲，给女儿的爱就是无比放纵。他希望自己的女儿能得到自己想要的一切。这，就是他能给的，所有的爱意。

离别的那天，仍旧是个樱花漫天飞舞的日子，父亲早早就为刺儿准备好了东京的一切，因为工作到了最后也没有出现。

广田真实一直在刺儿身边帮忙准备。

“哎呀，才住了这么短的时间，就要走了呢！”

“是呀，可是……不知不觉已经一年多了呢，时间过得还真是飞快。”

“哎？有一年多了？”

“当然啦，我到日本已经一年多了！”

广田真实握着刺儿的手，好像有很多话要说，最终只说了一句。

“……如果在东京不习惯就回来啊！我会经常去看你的！”

“……嗯。”

刺儿没有把要走的事情和大头说，应该说，自从上次的告白过后，两个人就不太常见面了。所以当她看见大头的时候，不免一惊，但转念一想也能明白，父亲肯定会和远藤爱子谈及自己的近况吧。

大头一直站在不远不近的地方，自始至终一言不发。

刺儿从车子的后窗看到众人的背影越来越远，越来越小。

忽然大头飞快地向这边跑来，跑过了弯曲的小路，跑过了路边的拉面馆，跑过了挂着幌子的居酒屋，跑过了琳琅满目的首饰店，跑过了……最终，他停在了一棵樱花树下，那是她每天的必经之路……他用尽全力朝刺儿离开的方向大喊着。

“不习惯就回来啊！……一个人！一个人，要坚强……要坚强啊！”

刺儿听着他的话，有一丝温暖、一丝心动，还有一丝悲伤。这份简单、纯粹的爱意让自己由心钦佩。这个男孩有着世间最美好的一切，他被这个世界深深爱着。在成长中没有任何物质和感情的缺失，没有对得不到的东西的执念，让男孩相信世界的美好，也愿意去守护这些美好的事物。

他爱一个人，并非一定要得到回应，爱上一个人本身就是一件美好的事。

这些道理，都是后来遇到另一个女孩子，遇见另一段完全不同的爱情，才让刺儿领悟的。

手中的书迎风展开，已经发黄的樱花瓣顺着窗子飘洒到空中。发黄的樱花瓣与粉红色的鲜嫩花瓣混在一起，平添一抹淡淡的悲伤。

“一个人，当然只能坚强……”她喃喃自语着。

说完，小镇已渐渐地远去……

日本。樱花。大头。还有，17岁的刺儿。

04

颜色

那一刻，她就那样赤裸着双脚，一个人，站在命运面前。

太阳升起，格外刺眼。

予桐的葬礼，简单而庄重。

菊花斑驳的白色和丧服的黑色纠结在一起。像此时刺儿的心情。

曾经单纯的少女生活，就像回忆一样，虽然五颜六色，回味起来却总有淡淡的悲伤吧。

而现在，在场所有人的悲伤，似乎都远胜于刺儿的淡淡情怀。

刺儿看着予桐的遗照，那是一张棱角分明的脸，高挺的鼻梁，带有一丝高傲。薄薄的唇角微微向上仰起，笑容里带有一点坏坏的感觉，和平时的他一样……

忽然，那张脸动了。

“你的眼睛。”

“……嗯？”

刺儿不敢相信，予桐居然在和自己说话。

“对，我最喜欢你的眼睛，很难见到的明亮、清澈。”

刺儿狠狠地眨了眨眼睛，遗照上的予桐微笑依然，原来是幻觉，她松了一口气。

刺儿愣在原地，不知所措，看看周围的人，似乎没有人注意到她不正常的举动。

是和尚念经的声音扰乱了自己的心绪吧？

刺儿这样安慰产生幻觉的自己，不行，不能再看他。

接下来的一个多小时，所有人都被一种巨大的悲伤笼罩着。不知是因为想起予桐的英年早逝，还是因为和尚念经的声音让人心绪不宁。

予桐死于一场毫无预兆的意外，这样的意外决定了亲友们的悲伤无的放矢。

亲友们开始一一为死者行礼、上香，完成葬礼的必要环节。

上香时，刺儿的眼中满是逃避，她没有勇气再看予桐的遗像。

夏英的悲伤在遗体告别的时候，巨浪般倾泻而出。

看着予桐的遗体，夏英发出撕心裂肺的哭号，这个声音让刺儿不寒而栗。直到多年后的某个深夜，刺儿还是会在梦里被这撕心裂肺的哭号忽然惊醒，久久不能睡去。

这样的哭声，大概是为了记住永别吧。

大家开始纷纷向予桐告别。予桐就那样安静地躺在灵柩里，没有一丝的悲伤和痛苦。亲友们依次走过予桐身边，深深地凝望他的脸。然后将各色的鲜花放在他身上。

“小马来”走到予桐的身边，俯下身低头望着他的脸，早已满脸的泪水，泣不成声。

“……哥哥……哥哥……哥哥……怎么会这样……为什么是这样子！”

他的声音越来越大，情绪也越来越激动。伸出手想要拥抱自己的至亲，却被身边的的众人拦着，拉他去远处安慰，但这整间房子的悲伤始终无法宣泄。

接下来是刺儿，她不敢看予桐的脸，也不敢触摸他的身体。只是将一枝准备好的百合放在予桐的手边，然后趁别人不注意的时候放了什么在予桐的手里。这个轻微到绝对不会有人发现的动作，依然让刺儿觉得胆战心惊。随后，她的嘴角微微上扬，像是一个背着大人调皮的孩子，露出一丝胜利的微笑。

最后，是夏英。

此时的夏英，已经泣不成声，她用最饱满的眼泪与眼前她最爱的男人诀别。

俯下身，深深的一吻。夏英将一朵鲜红色的天堂鸟放在了予桐的头顶。

这一举动在当场的老者们眼中，是有些不敬的。但谁又在乎呢，谁又会去谴责一个因失去爱人而悲痛欲绝的女孩呢?

“这样的举动，才是我认识的夏英。”刺儿偷偷地想着，想着夏英平时出格的举动和予桐的玩世不恭。

终于，在一片哭天抢地中，予桐被推走了。

这一刻，刺儿忽然有跑上前去的冲动，她想再看他一眼，就一眼。

但是她忍住了，深深的恐惧抑制了这不理智的欲望。

和尚们开始用异样高挑的声调念起经文。因为是最后的乐章了吧，大家都很卖力，刺儿一边这样想着，一边和“小马来”将亲友们送出灵堂。哭到有些晕眩的夏英被扶到一旁休息，还有更严峻的事情等着她去做，她不能倒下。

在等待骨灰的这段时间里，“小马来”的情绪比方才冷静了许多，但眼中的悲伤却越发浓郁，他慢慢靠近刺儿，低声和她说话。

“这个，给你。”他把一个小巧精致的锦囊递给了刺儿。

“他最后……让我给你。”

说着这句话的时候，“小马来”才刚平静的眼睛就又开始卷起巨浪。

刺儿接过锦囊，大脑空白得不知做何动作，机械的把目光由锦囊移向了“小马来”，但她也不知道自己想要得到什么回答……

看着这个除了哥哥之外最信任的人，“小马来”渐渐靠着墙滑下，嘴里不停地说：“没有想到……事情会变成这样子！我真的没有想到……哥哥……哥哥怎么就这样走了？你知道吗？我没有想到……我真的没有……我不想的……怎么就变成这样了……”

刺儿空洞地站在原地，连一句话都说不出。

她就是紧紧地攥着手中的锦囊。紧紧地。

“小马来”瘫坐在地上，望着刺儿的眼睛。

“刺儿，哥哥怎么能离开我……在我们很小的时候，父母就死了，都是哥哥陪我长大，他说过要陪我一辈子的！我当时很害怕，不敢看父母的遗体，可是哥哥他很勇敢……虽然他总是用恶作剧去逃避一些他不想面对的事情，但是那次没有。从那以后，他就开始长大了……从那以后，我在哪里，哥哥就陪我在哪里。”

“……”

“……你呢？”

刺儿根本不敢多说一句话。她怕有些话一旦说出口，悲伤就会止不住喷涌，最终会把自己吞没。

有一个秘密，一个不能说的秘密，只有她和予桐知道，而“小马来”是个守口如瓶的见证者。她好害怕，害怕在看见予桐的一刻，他突然睁开眼睛，和自己说话，说出那个不能说的秘密。

“小马来”的语无伦次，让刺儿的思维渐渐抽离。

她想起了很久之前的那个夜晚，就是那个夜晚，雨中的微笑，现在想起来，那应该是最后的微笑了吧。刺儿又开始胡思乱想了，她想到了四月的樱花，想到了长野的雪，想到了远藤爱子，还想到了大头。

但在胡思乱想中，却没有予桐。

刺儿反应过来的时候，“小马来”还在呢喃。

骨灰推出来了，居然被染成了好几种颜色。这是予桐在自己的葬礼上，自己给自己开的一个玩笑吧。

头盖骨是深紫色的，是用“小马来”和夏英的花染成的。

手指是淡淡的粉绿色的，那是刺儿的百合染成的。

刺儿忽然觉得那是一种很美的颜色，灰白色的骨灰，配上鲜花的淡粉，好像东京街头凋谢的樱花瓣，想要飞起来似的跃跃欲试。

夏英拿起筷子，将骨灰一块一块地夹到一个包着漂亮锦缎的瓷罐中。按照规矩，骨灰应该分为两个部分，一大部分葬在墓地里，一小部分让亲人带回家，留作悼念。夏英拒绝了。她将骨灰全部放到一个罐子里。

“……他不属于这里，也不属于我，我要将他完整地送回家……”

对此，夏英坚定不移。

葬礼结束后，刺儿和大头送“小马来”和夏英去机场。

夏英抱着予桐的骨灰坐在前面。她已经不哭了，小心翼翼地抱着予桐的骨灰，不让任何人碰，像是在守护一件珍宝。夏英一路上都在和予桐说话。

“……宝贝，我已经好多天没有看到你了……你不回家吃饭，你不回家睡觉，你也不让我去店里找你……你是在和我玩捉迷藏的游戏吗？……看，你现在不是乖乖地躺在我怀里吗？……现在，你终于真正属于我了……我们……我们一起回家……”

刺儿看着夏英怀中那个包着漂亮锦缎的瓷罐，予桐真的在里面吗？

刺儿想知道，非常想。

到了机场，刺儿和夏英道别，她轻拥夏英怀抱瓷罐的身体，她知道，那是她第一次，也是最后一次和予桐拥抱……

“一路平安……”刺儿轻轻地说。

瞬间，她下意识地轻抚那个瓷罐，就在指尖碰触到瓷罐的瞬间，一股悲伤的情绪毫无预兆地涌入刺儿的体内，她一个激灵，瞬间浑身透凉。

冰冷。

彻骨的冰冷。

真的在里面？

在里面，真的在里面啊……

望着夏英离去的背影，刺儿被莫大的悲伤——击垮了。

回去的路上，大头突然开口讲：“喜欢的人死掉是很伤心的事，这种情绪用什么形式都是表达不了的。正因为形式表达不了，才求助于形式……”

刺儿静静地看着他摇摇头："你不懂……有些事情，如果当时没有面对，以后就都不会再有机会的。"

此后，是一路的沉默。

刺儿不知道这句话是对大头说的，还是对自己，她只是在想，此刻无法悲伤，以后也便再也没了机会。

从灵堂回家后，刺儿累得没有力气想任何事情，倒头就睡着了。

她睡着了，安静地睡着了，像个婴儿。

夜，依旧寂静，听不到一丝声响。

她的呼吸均匀，只剩下口中的喃喃自语

"予桐……予桐……"

门，轻轻地开了。

一个赤裸着双脚的身影慢慢地走近她。

他走到她的床边，静静地看着她熟睡的脸。

她的表情是舒展恬静的，长长的睫毛伴随着呼吸轻轻地颤动。月光投在她无瑕的脸庞上，那是一张多么洁净透明的脸啊，没有一点瑕疵。

他忍不住想去触摸她的脸，而就在指尖碰触到她的一瞬间，她醒了。

刺儿睁大双眼，呼吸变得急促起来。她不敢相信眼前的一切，她用力眨眼，眨眼，眨眼，而他，依旧那样微笑着看着她。

月光下，他的脸色有些苍白，但眼神，依然是那样的温柔。

“你一直不肯告诉我你住在哪里……”

“……”

“没有关系……看，我不还是找到你了吗？”

“我……”

他伸出食指，轻碰她的唇。

好冰冷……冰冷顺着双唇流入体内。

“嘘……”

他凝视她的双眼。

“我是来和你告别的……”

“告，告别……？”

“对，我要到一个很远的地方去……”

“……很远？很远有多远？”

“……”

“不要，不要走，好不好？”

“你喜欢听歌吗？”

又是那句话，又是。这句话像是一个钳子，牢牢地夹住刺儿的心脉。

他轻轻地唱了起来，低沉而富有磁性的声音，回荡在整个房间。

夜空中，他的歌声婉转回荡。

刺儿想起来了，海边，是海边的那首歌。

歌声穿过时间，穿过空间，游荡在刺儿的耳边。

她闭上双眼。感觉自己消失在茫茫的夜色之中。

伴着他的歌声，那是属于他们两个人的夜空，纯净、透明、凄美、婉转……

她想和他一起唱的，这首只属于他们的歌。但刚要开口便从梦中惊醒，梦中的人就立在眼前，看着她微笑着往外走。

她浑身打了一个激灵，急忙起身下床，光着脚，飞也似的跑了出去。

拂晓的街道空无一人，只剩几盏路灯，发着微弱的光。

她急了，她慌了，她飞快地奔跑在飞奔离去的影子之后，但，这个朦胧的影子早已渐行渐远，只是在路的尽头能依稀看到一个瘦瘦高高的人影。

“……予桐……予桐……？予桐！！查理！！！！……”

她声嘶力竭地喊着。但，依然追不上他的踪影……

那一刻，她就那样赤裸着双脚，一个人，站在命运面前。

太阳升起，格外的刺眼。

是梦吧。刺儿这样想着。

真的是梦吗？

——如果是梦，他的脸为何如此温暖地贴近我？

——如果是梦，开门的声音和离去的身影为何如此清晰？

——如果是梦，为何我却分明感到双脚的微痛？

——如果是梦，为何我的脸上却布满泪痕？

——她，坚信，他来过！

05

夏英

整理的工作虽然烦琐，但却充满了诱惑。与其说是整理物品，不如说是整理回忆。每一件东西都覆着老旧照片中的泛黄色泽，回忆是因为物件的重量才有了实感。

东京。夏英。爱情。还有，予桐。

一个人在东京的生活，就是从整理房间开始的。其实也没什么好整理的，父亲让人早已打点好了一切，高级的公寓、完善的设施、冰冷的家……

刺儿将整理箱内的物品一件一件地拿出来，擦拭，分类，不厌其烦。

十七岁的刺儿，终于开始了一个人的生活。

诚然，孤独总是要一个人去面对的。

整理的工作虽然烦琐，但却充满了诱惑。与其说是整理物品，不如说是整理回忆。每一件东西都覆着老旧照片中的泛黄色泽，回忆是因为物件的重量才有了实感。

刺儿打开一个音乐盒，里面传出暗哑的音乐声，两个小人兜兜转转，总是碰不到一起。刺儿陷入了回忆。

回忆中，那是一个北京初春的夜晚。胡同口，路灯下，一群老头下棋归来，相互调侃着，抑扬顿挫的调调和卤煮的味道混在一起。现在想起来，那实在不是一个适合表白的地点。但两个人就那样旁若无人地凝望着。时间仿佛停滞了一般。

男孩手中握着音乐盒，因为过于紧张，礼物递到刺儿手中的时候有些湿漉漉的，但刺儿却当它是珍宝一般紧紧握着。

这就是初恋吧，当时间过去，已经记不得那个人的名字和相貌，只记得一双小狗一样单纯的眼睛和某个莫名其妙的细节。

一年后，还是这个胡同口，刺儿满面忧伤，告诉男孩出国的事已然没有改变的可能。

“一定要等我回来，一定不可以喜欢别人，一定不要忘了我……一定……”

男孩的眼睛里充满了更多的忧郁。

到现在，刺儿依然记得那天的情景，临行前在机场告别。

妈妈哭了，哭得很伤心。

姥姥在一旁安慰着伤心的妈妈，安慰了一会儿，自己也加入了哭泣的行列中。

面对即将到来的离别，刺儿显得有些心不在焉。

突然，刺儿透过密密麻麻的人群，看到了一双忧郁的眼。那个男孩儿远远地站在候机大厅的一角，目送她离去。

她的泪水不争气地涌了出来，她不知道是怎样进的海关，怎样和亲人告别。

她只知道，自己的泪留给了最青春的初恋。

音乐盒的声音越来越弱，最终还是悄无声息地停了下来。

刺儿叹了口气，她想起前些天国内的朋友打电话来说，那个男孩的身边，已经有了别的女孩。

“早知道结果会是这样，真是一点惊喜都没有呢……”

刺儿的嘴角浮现出一丝苦涩，年轻的爱情总是十分脆弱，面对爱情的远去，是苦涩的。

但当一个人生活时，那种苦涩就会变得冗长而深邃。她摆弄着手中的音乐盒，因为干燥的原因，已经不能发声了。也好，这样刺儿便会记得它以前美妙的声音，就像男孩眼中的忧郁，到现在仍是清晰地印在脑中。但那种忧郁又会维持多久呢？一天？一个月？一年？哦，不，还不到一年。什么样的爱才是永久不变的呢？

最后刺儿得出结论，没有谁有资格说爱谁一辈子，除非他立即死掉。

就这样，刺儿的生活在整理东西、上学、胡思乱想中平静地度过了一个季节。

直到，她的出现。

她出现在午后的课堂上。多年以后，刺儿想起那个充满阳光的午后，仍然感叹那个平凡而又奇特的午后，那个改变她命运的午后。

“啪”的一声，一个巨大的黑皮书包落在了老师的讲台上。那是一个充满野性的登山包，与她干瘦的身体形成了极大的反差。

“嗨，大家好，我是Sherry，请多多关照。”

夏英用一口标准的美语简洁地向大家介绍着自己，当她看到台下的刺儿时，嘴角扬起微笑，出其不意地用带有马来腔的中文重复了一遍刚才的自我介绍。同学们纷纷转头向刺儿看去，刺儿的脸不自觉地红了起来。

刺儿开始打量这个女孩，在她短暂的17年的生活中，第一次遇见如此“霸气”的女生，这个女孩子有着一头浓密而鬈曲的头发，它们乱蓬蓬地长在夏英的脑袋上，仿佛每一根都有着独立的思想。蓬乱的黑发映出夏英清瘦而白皙的脸庞，那是一张有些冷酷的脸，她说话时眼角会微微地扬起，深紫色的唇和微带黑眼圈的丹凤眼，都透出凌厉但不张扬的孤傲。

刺儿觉得夏英很像旋涡，一个让人一眼望过去会不自觉地深陷的旋涡，久望，随之而来的便是晕眩。倒是夏英的穿着让刺儿有些清醒，紫色的紧身衬衫，领口开得很低，依稀可见深灰色的抹胸。修长的腿上是一条收腿的黑色牛仔裤。而中间，则露出一段曲线优美的腰，腰间脐上镶了一颗深紫色的水钻，反光下透出阴冷的光。妖娆且不寒而栗。

接下来的这堂课，先生在讲些什么，刺儿已经完全听不进去了，她满脑子都是这个忽然闯入自己生活的女孩，有些异类，有些神秘，还有一些耐人寻味。刺儿想到自己，这个敏感的十七岁的女孩，她单薄而优越的人生经历决定了她单纯且斯文的鲜明旗帜。她总是身穿一袭白色，偶尔是淡粉，或可爱或优雅，给人美好而清爽的感觉，却从不出格。

无疑，刺儿与夏英就像是世界的两极。

啊，也许不是那么远的距离，应该说她们是一个钱币的两面，性格和经历的差异决定了她们是如此的相近而又遥远。当然，这是刺儿后来才意识到的。

“哎！等等，去哪里？”课间的时候，夏英追着刺儿走出教室。

“哎？”

“换换空气！”

“哦。”

“一起吧，我想抽支烟，没关系吧？”

“没事。”

学校的天台上。刺儿很诧异夏英怎么会一下就选中了这个很少人来的天台。

“你来过这里？”

“没有，但是感觉很喜欢，就走过来了，你以前经常来？”

“呵，是啊，在我刚到这个学校的时候。”

“一个人？”

“嗯”

“从哪里来？”

“中国。”

夏英吐着烟圈，夹着烟的手指随意地垂在身边。刺儿饶有兴趣地看着她的手。那是她见过最美的手指，修长而伸展的手指，每个骨节契合得十分完美，细长的指甲涂满了黑色。

“像广告。”

“什么？”

“你的手指啊，香烟广告，呵。”

夏英笑了，她看着刺儿，优雅地吐了个烟圈。

“有没有人说你长得像混血儿？”

刺儿看着夏英，觉得她好棒，英语、日语、国语、马来语全通。班上大部分的同学来自欧洲，亚洲的学生只有刺儿一个，而英语不大灵光的她便给人留下了沉默寡言的印象，夏英来了后，刺儿终于可以用母语交谈，这样她轻松很多。

“大家都会这样问，但是没有的，你呢？你为什么来东京？”

“因为，”这时上课铃忽然响起，“上课了，走吧，以后再告诉你！”夏英用她修长的手将烟掐灭，拽着刺儿往教室跑去……

两个异性的友谊，往往开始于相互间的吸引；两个同性的友谊，往往开始于轻松的交谈。刺儿与夏英的友谊却是开始于相互间的吸引。刺儿感到莫名其妙的兴奋，也许是因为彼此太不同了吧。两个女孩子要好起来，热烈的程度一点也不亚于一场轰轰烈烈的爱情。而且双方毫无戒备之心。互报出处后，感情便一日千里。

她们迅速地向彼此敞开心扉，形影不离。

“‘Sherry，夏英’有一种蓬勃而湿润的气息，透着坚强，很衬你。”

“你为什么不喜欢梳头发？”

“……大概是因为怕掉头发吧！”

“啊？！”

“对啊。”

“呵，乱蓬蓬的头发很衬你的感觉！”

在天台，两个女孩笑作一团，夕阳洒在两个人的脸上，无忧无虑的金黄色，一切都美好得那么不真实。

“为了爱情？”

“当我意识到这份感情是值得我付出一切的时候，我就跟着他离开了马来西亚。”

夏英看着刺儿错愕的表情，慢慢吞吐着的烟圈，开始讲述自己的爱情故事。

夏英的男朋友，是一个严谨到严酷的银行家。他总是有条不紊地安排自己的生活、事业，甚至情感。在他的周密安排下，夏英过着衣食无忧的生活，她每天的生活就是打扮自己，购物，再打扮自己，再购物。

开始的时候，夏英习惯于这样的安排，确切地说，是着迷这样的安排，她沉迷于被一个男人驯服的快感，她总是心甘情愿地将自己打扮得美丽而得体，当那个严谨的男人脸上露出赞许的笑容时，夏英的心里充满了胜利的满足感。这种驯服与被驯服的关系，让从小桀骜不驯的夏英感到新奇和刺激。

“刺儿。”

“什么？”

“你说是狐狸厉害，还是猎手厉害？”

“……嗯……猎手吧，不是有句话说，再聪明的狐狸也斗不过好猎手吗？”

“那要是遇上狐狸精呢？”

“……哈？”

“哈哈！”

夏英就是这样，古灵精怪。

她从小便生活在一种女性强势的环境里，母亲的干练魄力与父亲的唯唯诺诺，这种强烈的反差，深深地印在她脑海中，父权形象的缺失，使她在潜意识里隐约渴望着一个强势男人的出现。这也就是为什么当他出现时，她会义无反顾地沉迷于其中。

性格中的强势，并不会因此而消失，她一方面渴望被驯服；另一方面却享受驯服别人的快感，于是她与他开始玩起“狐狸与猎手”的游戏。

“这种游戏真的很有意思吗？”

“……”

“我是说……你很爱他吗？”

“……”

渐渐地，夏英开始厌倦于这种狐狸与猎手的游戏，到底是狡猾的狐狸斗不过好猎手，还是好的猎手斗不过狐狸精，她不再感兴趣知道。

她想知道，他们是否相爱。她尝试着与他沟通，尝试着改变相处的模式，但这些改变最终招来的，是他的不满。

他是一个不允许别人改变他生活模式的人，甚至是企图改变也不能被容忍。一切，只能按照他所设定的进行，生活必须朝着他认为的美好发展下去。而在此基础上他才会考虑到爱情。

最终，夏英累了，她放弃了努力。

“然后，他就出现了。”

“他？是谁?”

“予桐。”

夏英提到这个名字时，眼睛里划过一丝幸福。

就在夏英对爱情精疲力竭，她开始不抱希望地经历了一段平静的生活，平静到有些空白。但这段生活却让她感到很舒服，尽管她想不明白爱情到底是什么，但是她知道爱情不是游戏，爱情不是你死我活的角逐，更不是非此即彼的理性判断。

直到他的出现。

予桐的出现是悄无声息的，尽管他的身份决定他完全可以拥有惊世骇俗的出场。他是马来西亚很有名气的艺人，他唱的歌，主演的电影、电视都是极受欢迎的。但对于夏英来说：

“他是一个安静的人……

“他是一个有素养的人……

“他是一个玩世不恭的人……

“他是一个细腻的人……

“他是一个喜欢恶作剧的人……

“他是一个懂得尊重别人的人……

“他是一个非常有魅力的人……”

夏英喋喋不休地细数予桐的优点，洋溢着满脸的幸福。刺儿很难想象予桐到底是一个什么样的人。

“还有，他是我前男友最好的朋友……”

“啊？……”

“是我开始追求他的。邀他吃饭、给他送花、主动告白。甚至，当着他的面和银行家分手。”

夏英拎着箱子走出大门的那一刻，银行家坚信她还会回到他身边的。因为他找不到任何使她离开自己的理由，自己所设定的一切，都是为她着想的。这个天真的男人。

夏英和予桐越走越近的暧昧关系，让银行家感受到了从所未有的挫败和震惊。在他的观念里，自己的女人和自己的朋友在一起，是绝对不能容忍的。他开始使用一切办法阻止他们两个在一起，甚至是不择手段。

“我倒是很感谢他。”

“他这样对你们，你还感谢他？”

“如果不是他的阻止，我们也不会贴得这么近。就好像你把两个手指勾在一起，越是有人想用力拉开它，它就越是扣得紧。”

“……”

夏日午后，夏英和予桐冲破一切阻力，私奔了。

因为歌手身份，为了更好地发展，予桐决定去好莱坞。同时也能避免这段感情带给所有人的尴尬。

“……飞机绕道东京，予桐想顺便看看在东京的弟弟。本来只是想停留几天，但弟弟处境非常艰难……我们决定留下来帮他渡过难关，待有起色的时候，就离开这里。”

“……”

“好了，这就是我来东京的理由了。”

“好惊心动魄啊，好像电影一样！”

“呵，人都有不为人知的一面，有时候甚至连自己也会很吃惊。”

“自己也会感到吃惊？”

“对呀，看你平时斯斯文文的，说不定隐藏着狂野的一面呢，只是你自己不知道罢了。”

这句话倒是给刺儿平静的心里带来了不小的波澜。自从遇到夏英以后，刺儿确实觉得心里有一股莫名的情绪在波动，这让她隐约有些不安。

夏英又怎么会知道，这个充满离奇与波折的故事，带给刺儿多大的冲击呢。

从小到大，刺儿几乎都生活在波澜不惊的温室里，姥姥说女孩子要懂事，母亲说女孩子要斯文，她的顽皮、她的任性、她的单纯、她的善良，这一切的一切都永远地发生在那个温室里。而夏英给她的感觉，像是生活在另外一个世界里的人，那个世界里一切都是恣意的，可以不顾一切争取爱情，可以为了留住自己的女人而不择手段，可以抛弃一切浪迹天涯。

这在刺儿的观念里，几乎是不可能发生的。也许，还有一些所谓的道德观念在作祟吧。她用自己尚显幼稚的世界观，努力地消化这个发生在现实生活中的电影故事。

心里，阳光普照，一片宁静的海。她就这样赤裸着双脚，踩在柔软的沙滩上。猛地，乌云密布，狂风大作，缓慢移动的浪，在与岸边接触的一瞬间，陡然变成一股黑色的旋涡，朝她汹涌地扑了过来。来势凶猛，她无所遁形。

她就这样被卷入旋涡。

旋涡深处，竟然是另一片天地！

深紫色的天空，艳蓝色的云，绿色的海，黑色的沙滩，异常眩目的美，海滩上，是一个男人的背影，修长而纯白的背影。

越来越近，越来越近。

刺儿猛然醒了。无限遥远的碧绿色的海，黑色的沙滩，白色的男子，仿佛还清晰地浮现在眼前。直觉告诉自己，那个人，是予桐。但刺儿对他唯一的印象却只是每次给夏英打电话时，他那倦怠而沙哑的声音。

“……你等等……”

这样的声音，引起刺儿无数的遐想与猜测。

06

思绪如青草般疯长

就是在那样的一个夜晚，心中有股想冲出躯壳的躁动，她想旷野，想无拘无束，就像悬崖边灿烂盛开的花朵一样，摇曳在粉身碎骨的边缘。

送走夏英后，那一场悲伤来势凶猛却后劲不足，随之而来的，是抽丝般的空荡。

早上醒来，刺儿发现自己在哭，总是这样，甚至是否因为悲伤都已分不出了。曾经充沛的感情同泪水一起，流到哪里去了呢？

刺儿没有再回到自己的住处，而是住进了夏英和予桐的家。她不知道自己为什么做出这样的选择，也许是因为怀念，也许是因为想放纵自己的情感。这间屋子的气味，依旧那么熟悉，只是少了两个人的身影。

屋外的青草已经有半人多高了，不知道为什么它们竟然长得那么快，像要疯狂地吞噬什么似的，穿过草丛，刺儿的白球鞋沾染上了点点墨绿的印迹，像血管深处郁积的污血，她飞也似的逃进了屋。

打开所有的灯，电视开到最大，拉上所有的窗帘，电视里放着拉面广告、美容广告、意大利风光片，人们大声地说话、嬉笑、突如其来的枪击声，又突然变作了议员先生的拉票竞选，清冷的月光安静地刺破窗帘，席卷了所有的角落。

一切却还那么孤寂。

一个人的孤寂。

她往浴缸里放了满满的水，放到水涌出来，她就这样光着脚踩在潮湿的地板上，水发出“扑拉扑拉”的声音。她把整个身子浸到水里，屏住了呼吸，一点一点地滑向温暖的水里，是那么温暖、那么温柔的水，仿佛回到了母亲腹中，在这样的水里流泪，也是一种幸福吧。

她擦干净身体，端详着镜中的自己，少女的红晕还没有从她脸上褪去，她知道自己是美的，身体是美的，神态是美的，可是心却像碎掉的玻璃碴儿。

清晨醒来，眼泪泡肿了双眼，划过面颊，浸湿鬓角，无声地消失在枕头上，冰凉的枕头陪伴了刺儿整整一夜，在梦里，她没有梦到予桐，也没有梦到夏英，她梦到的是儿时的自己。

有一个好大好大的海洋馆。里面有企鹅、海豚、北极熊，还有小小的，一个人的刺儿，她记得看海豚的时候，妈妈还陪在她身边，拿着她的小花伞，问她要不要吃冰激凌，她点点头，然后听着妈妈清脆的高跟鞋声消失在漫长的黑暗里，她回过头去，长久地注视着玻璃墙外的海豚，有那么一刹那，她感觉到海豚在望着她，湿润的湛蓝的眼睛。她的周身突然冰凉，仿佛浸入海水，嘴角弥漫着盐腥的味道，她感到脚尖绵软无法着力，如同海草般在水中漂浮，她没有惊恐，只是微微疑惑地蹙起眉头，端详着自己的手，柔弱无骨的手，苍白的，已变成鱼鳍的手……她摆动尾巴，水远比她想象的温柔，隔着玻璃的幽光，她看到了自己，坐在玻璃外面的自己，拿着那个迟到的冰激凌，被妈妈牵起了手，在离去的时候，她回头看她，湿润的湛蓝的眼睛。

在那一刻，她是海豚，而她成了刺儿。

多么孤寂。

一个人的孤寂。

鱼说：你看不到我的眼泪，因为我在水里。

水说：我能感觉到你的眼泪，因为你在我心里。

如果鱼死了，它会永远漂浮在水里，直到腐烂消失，而水是没有办法选择的，它真的有心吗？那它会心碎多少次？

窗外，下雨了。

院子外面的青草又要疯长了。

这个时候，刺儿会忍不住去看那棵树，那棵予桐种下的树，它是他唯一留下的还有生命的东西……

很久以前，予桐在院子里种了一棵树，等刺儿和夏英发现的时候，树已经有了一定的高度。夏英很兴奋地质问予桐：

“咦？都长这么高了？说！快说！什么时候种的？居然背着我们两个，刺儿，你说，是不是该罚他？”

刺儿饶有兴致地打量这棵树，不知该说些什么。

“有些事，只有偷偷地做才有意义。”

予桐看着刺儿，忽然意味深长地说着。刺儿听到这句话，心里一惊。

“这是一棵……嗯……什么树呢？”刺儿忍不住问道。

“等它长大了，就自然知道了。”

夏英不依不饶，和予桐两个人打打闹闹地回屋去了……

而此刻，刺儿想，虽然树比草高一些，但它只有一岁，如果雨一直不停，草会淹没它的。

给北京的家打电话，妈妈的声音仍是温柔的，只是有一点点倦怠，提醒她要注意身体，不要着凉，东西是不是还吃不惯，她一一应着，声音是绵软的，像个乖顺的女孩——在妈妈面前，她一贯是那样的。

挂了电话，刺儿又看了看窗外的雨，疯狂的，丝毫没有退缩的雨，她的心里突然涌出一股热浪，强烈而有力的热浪，让她想起尘土飞扬的西部街道上粗旷的牛仔、肮脏的牛皮靴子、还在冒烟的枪口，和以命相搏的决斗。

她忽然想放纵自己，想释放所有压抑的情感，这种躁动是冰川下的火种，让她周身感到强烈的不安，就像鬼使神差的那个夜晚——

新宿的夜晚来临，那是一个怎样的夜晚啊！充斥着迷乱与诱惑，没有真正的暗夜可言。

刺儿透过窗子看着外面的世界。很远的地方，是一片的灯红酒绿。关上窗子，就是另一个世界，是刺儿自己一个人的世界。

就是在那样的一个夜晚，刺儿的心有股想冲出躯壳的躁动，她想旷野，想无拘无束，就像悬崖边灿烂盛开的花朵一样，摇曳在粉身碎骨的边缘。

“……喂？”

“……”

“……夏英……是你吗？”

“……哦，是你啊……我刚刚睡着，好困啊。”

“……懒虫，睁睁眼，我想……”

“嗯……这样啊！那到我男朋友的店里去好啦，你先过去，我给他们打个电话，我等一下就过去，好吗？”

“……快点啊！”

现在想起来，那真是一个鬼使神差的夜晚，从不在深夜出门的自己，居然一个人去了闹市区，如果让她重新选择，她不知道自己是不是还有勇气选择走进那扇门。

——看着窗外的雨越下越大，刺儿这样胡思乱想着。

突然，她奔出门外，脱下鞋子，光脚踩进了泥泞，雨比她想象的还要大，打在她干燥的身体上几乎要冒出烟来，她的头发像迅速吸水的海藻，呈现出深黑的颜色，她的小腿上溅满了泥点，她从没做过这么疯狂的事——现在她只想跑。

她踏过那些茂密的青草，踏过那条硌脚的石子小路，穿过正在避雨的人们诧异的眼光，她感到全身都被雨浸透了，那是另一种温暖，湿润的温暖，像予桐的气息，是的，那种暧昧的暖意，永远不能握在手心的暖意，她再一次感觉到了，她只想肆意地叫喊，而且她知道自己马上就会这样做了。

“刺儿？”

突如其来的声音，扰乱了雨的节奏，硬生生地将刺儿拉回到现实中。

“都淋湿了，怎么在这里？”

刺儿看到了那张熟悉的脸和夏英单纯惊诧的眼睛。

这一刻，她觉得夏英的诧异是意味深长的，仿佛早有预谋。

“你——你回来了？”

“是啊，终于回来了——好大的雨……”

拎着大包小包的夏英摇了摇头，走进屋里，这是另一场无休止的雨，刺儿想。

夏英回来了。

夏英回来了，带来了另一个国度的气息，她买了许多漂亮的波斯毯子，还专门给刺儿买了一条红色的裙子。

那天，夏英一个人在房间里待了很久，安静无声。良久，传来音乐的声音，低沉、暗哑，是一个女人的低音，喃喃地哼着一些听不懂的语句，但调子是悲伤的。

夏英出来的时候，眼圈有点红，她笑着让刺儿看她带回来的东西。那条裙子。她把刺儿推到镜子前。

“让我好好看看你，先闭上眼睛。”

她凝视着她的眼睛，她把它闭上了。

等她睁开眼睛的时候，她看到了那条红色的裙子，淡粉的轻纱披肩，水红色的裙身从胸口围住，金色的宝石镶嵌在飘飘裙摆上，胸口一粒血红的宝石，成水滴状坠落，像极了一颗朱砂痣，衣服很轻很薄，却是满怀心事的样子，不知经历了多少苍凉的故事。

“这是……给我的？很贵重的样子呢。”

“穿上看看。”

好像做梦一样，从雨里逃出来的刺儿此刻置身于这温柔的轻纱中，每一寸皮肤都被柔和的感觉覆盖，就像情人的嘴唇，呢喃地，在耳边低语，穿上裙子，走到镜子旁的刺儿自己也吓了一跳，那是自己吗？那样熟悉的眼睛……

“很像……”

“真的，很像。”

她们都知道对方说的是谁，夏英惊诧自己以前怎么没有发现刺儿有一双和予桐一模一样的眼睛。继而又沉默不语，予桐的死，让他在她们心中仿佛一根柔韧的绳子，打着各种各样的结，纠缠着，永远无法分开，与“他”有关的一切，在此刻都成为不合时宜的禁忌。

良久，夏英打破了沉默。

“雨还没停呢。”

“是啊……”

“不知要下到何年何月去……”

窗外的水侵略性地渗进来，淹没了地板，逃生的昆虫们钻进了温暖的木缝，大肆做窝，青草在一个下午长高了一倍，而那棵树，被草淹没了。

这一切，在睡梦中的她们并不知道。

孤寂的夜晚，月亮被阴沉的云盖住，没有星星，没有虫鸣，没有树影，什么也没有。

夏英就睡在自己身边，此刻，她的呼吸是平静的。显然，她已经慢慢地从予桐离开的阴影中走了出来，这才是自己认识的夏英，这才是属于夏英特有的生命力啊。想着想着，刺儿沉沉地睡去了。

梦里，她又看到了院子里的那棵树。

在阳光下摇晃的树有着挺拔的影子。很多树叶，大片大片比人手掌大的树叶，叶脉清晰有力，捏在手里有微微震颤，仿佛里面流淌着血液，很多阳光的碎片透过叶子落在地上，风吹来，树叶传来沙沙的声音，好像在轻声唱着摇篮曲。

刺儿抱住树干，把耳朵贴在上面，她听到了树的呼吸，那是一种类似哼鸣的音乐，断断续续地，宁静又躁动。突然，她听到了一个声音，男人的声音，予桐的声音。

予桐的声音，她吓坏了，可是千真万确。

他在说话，在轻声叫她的名字。那一刻，梦境真实得像现实，现实虚幻得像梦境。

“刺儿，你在听吗？”予桐轻声说，然后轻叹了一声，恶作剧般地说：

“我知道你在，你正抱着我呢。”

刺儿吓了一跳，猛地松开了手，环顾四周，除了沙沙的虫鸣，什么也没有。

“刺儿，刺儿，刺儿……刺……儿……”予桐的声音一遍遍叫着自己的名字，越来越小，越来越远，像水面上一圈圈的涟漪那样，慢慢消失了。

暴露在艳阳底下的树，兀自伸展着一身的苍绿，就像予桐，他也曾经站在骄阳下，一遍又一遍地喊过我的名字吧？

第二天早晨，刺儿睁开了眼睛，第一件事就是光脚跑到窗前看雨停了没有。

天是阴的，雨没有停，雨更大了。

一杯咖啡，一面煎熟的蛋，胡乱泡的方便拉面。在刺儿经过客厅的时候，夏英正在拼命消灭着这些，电视里播放着一个综艺节目，受惩罚的嘉宾被身后的冷气夸张冻僵，连呼救命，一堆少男少女拿着小喇叭在后面呐喊，镜头对准了一个女孩激动的眼睛，终于见到活的偶像，她就快不能自已了。多么生气勃勃而又空虚的场面啊。

夏英听到刺儿的声音，回过头来。

“一起吃早餐？”

“雨还没停呢。”

“我讨厌这场雨，它让我不能离开这里。”

“哎？”

“我要搬走。”夏英转过头，直视刺儿的眼睛，她强调了“要”而不是“想”，显然主意已定，她把最后一口面塞进嘴里，关掉了电视。

“你和我一起搬吧！”

“我？”

“对，我们一起搬到一个陌生的环境去，重新开始新的生活，好吗？”

“……”刺儿在考虑着，自己该不该拒绝夏英。

“刺儿，真想有你在……”

“好……”刺儿还是无法拒绝夏英，尽管她不知道和夏英一起开始新的生活，自己要面对的是什么。

雨还在下，有些稀稀拉拉的，失去了昨晚的锐气，咖啡还在桌子上冒着烟，予桐最爱的咖啡。刺儿看着周围的一切。要搬走了吗？要结束了吗？还是，在你离开的那一刻，一切已经结束了。

也许，是要摆脱记忆的纠缠吧。

活着的人不能一直生活在死者的记忆里。

可是，可是……

从那个夜晚开始，我是多么舍不得忘却，和你在一起的日日夜夜。

AF

07 歌舞伎町

新宿的夜晚，灯红酒绿，充斥着迷乱与诱惑，没有真正的暗夜可言。

在这里，女人是袒露的，男人是放纵的，一切的需求和情欲都不需要丝毫的掩饰。

谁也不会想到这样一个斯文柔弱的女孩子，会选择在十点以后独自来到东京的闹市区，新宿歌舞伎町。包括刺儿自己。

出门前换了无数套衣服，镜子里的自己纵然是美丽的，但却是如此的陌生。最终，她还是决定以最普通的打扮出门。她仍穿着白天上学的白色衬衫和短裙，乌黑的长发束起，使本就白皙的脸庞越显一分雅致。

她乘上晚间的电车，靠着椅背，心中莫名的兴奋与不安，让她感到烦躁，夜间的车厢只剩几个晃晃悠悠的酒鬼。

我是在梦游吗?

下车的时候，刺儿才意识到自己已经到了另一个世界，一个和她同处于一片夜空下，却完全不相干的世界。

新宿的夜晚，灯红酒绿，充斥着迷乱与诱惑，没有真正的暗夜可言。

在这里，女人是袒露的，男人是放纵的，一切的需求和情欲都不需要丝毫的掩饰。混迹在四周熙熙攘攘的人群中，刺儿一身干净斯文的学生装十分引人注目，格格不入。曾经听一个欧洲的学姐说，新宿最迷人的是夜晚，最安全的，也是夜晚。现在想想，似乎很有道理，在这样的夜晚里，没有压抑，没有苦闷，人们习惯于各取所需，于是你可以选择放纵，也可以选择安静地走开，的确是迷人而安全的。

新宿的夜生活充斥着形形色色的男人，他们用贪婪的目光扫过异性的身躯，目光深处却是企图放纵压抑的空虚与苦闷。白天，一丝不苟的上班族或真或假地用忙碌掩饰着自己的欲望与不满，夜晚，与同事们把酒言欢，或大骂上司，或极尽讨好，以求得更平稳安逸的生活和更放纵的夜生活。

刺儿环顾四周陌生的一切，感到眩晕的迷失。

那种迷失，源于心底最深处的孤独，迷失于闹市，迷失于新宿。

兜兜转转，走了很长的一段路，刺儿终于按照夏英的描述，找到了风林会馆楼下。刺儿到门口的时候，不远处有一群人在烟雾缭绕，声音喧杂，时不时传出几句秽语，紧接着就是一阵哄笑。

刺儿下意识地往后退准备掉头，想要脱身这种让自己恐惧的环境。

这时，那群人中有个人直直地冲着她走来，那是一个染着紫色头发的男人，在人群中最为活跃，吊儿郎当地抽着烟，走到刺儿面前时，他愣了一下。

“你……你是夏英的同学吧？”

“对，我是李乃馨。”

“哦，我是夏英男朋友的弟弟。夏英已经打过电话了，一会儿就到，让我在这里等你，我们先上去吧！”

此时身后一大群人早已闹翻了天，高声哄笑。被眼前这个男孩破口大骂，声音反倒更高亢，把刺儿的回答全都堙没在这条街里。

“好的。”

刺儿跟着予桐的弟弟走进了夏英男朋友的那间酒馆，门面不是很大，像是一处洞穴。门上用粉红色的字写着：アオミ

夜玫瑰俱乐部。

就是这里了吧。

进门处的走道有几束追光，从那里走过，很像走在万众瞩目的星光大道上。店里面不是很大，却装饰得很有感觉。屋子的中央，是一个小小

的舞台，台上有一张可以旋转的椅子。大部分的灯光来自地面，暗暗的，散发出幽幽的诱惑，可以看到人轮廓，却看不清楚表情，恰到好处。

予桐的弟弟为刺儿安排了一个角落的位子，然后留下一杯饮料便匆匆离开去准备开业了，这里的营业时间是午夜十二点到清晨七点，离开前他转身看了看刺儿的眼睛，眼神中划过一丝不易察觉的诧异。

现在离开业还有一个小时左右，俱乐部里还没有什么人，刺儿坐在角落里喝着饮料，看着店员们忙里忙外地准备着，百无聊赖。

一时的躁动和激情已经慢慢消退，剩下的是喧闹的空虚。她想着，新宿的夜生活不过如此，真的是很无聊呢，夏英应该睡着了吧，这个懒虫，一定是！明天见面时，夏英一定会义正词严地发誓自己绝对定了闹钟要来赴约，只是太困了控制不了自己的身体之类的，真是好笑。刺儿这样想着。

这时，门口发出一些声响，有人来了。

刺儿抬起头向门口的走道望去，她愣住了。

那是一个怎样的画面呢？直到现在刺儿都无法用语言来准确地描述出当时的情景。

只记得，那个男人走进门的一瞬间，时间仿佛停滞了。

那个人，就是予桐。

予桐。

一身乳白色的西服，双手插兜，就那样边吹口哨边从门口走了进来。一束追光打在他的脸上，那是一张棱角分明的脸，高挺的鼻梁，带有一丝高傲。不厚不薄的唇角微微向上仰起，笑容里带有一点坏坏的感觉。

一瞬间，似乎是一种魔力，光环笼罩在他的身上，他的潇洒，他的玩世不恭，他的优雅，他一举一动都被无形地放大了、放慢了……

刺儿脑海中不停地浮现自己的那个梦境，无尽的海边，一个男人消瘦的背影。

“……这就是夏英的男朋友啊……”

刺儿的心里忽然有一丝异样。予桐的名字，自己再熟悉不过了，那是夏英的男朋友，夏英每天都会无数次地在她身边提起这两个字，而对于刺儿，唯一感性的认识则是这个人每次接电话时倦怠而沙哑的声音。

可是现在，在这里，当她直面这个男人，当她看着他的一举一动，当她真实地感受到他周身散发出的气息：

“这个人，比想象中有魅力很多呢。”

她静静地看着予桐走进来，看着他和周围的人打招呼，看着他微笑，看着他玩世不恭地吹着口哨……刺儿不停地喝着饮料，以此来掩饰自己心中从一进门直到现在无聊而又落寞的心情。

“夏英的朋友来了，就坐在那边。”

予桐朝这边看了一眼，光线很暗，他什么也没看清楚。予桐没有在意坐在角落的刺儿，继续和大家聊天安排着一会儿开业的事。

刺儿低着头用力地吸着饮料，吸管中发出液体被抽空的声音。强烈的空虚和落寞让刺儿有些沉不住气了。

她想离开这里。

可是就在她缓缓站起来的那一刻，她犹豫了。

要不要去和夏英的男朋友打声招呼呢？

出于礼貌，是应该的，可是，他也没有注意到自己的存在……此时此刻，刺儿很后悔来到这里，原本是想把空虚寂寞填满，而现在呢，除了空虚，还多了一份尴尬。

就这样又站了几秒钟，她发现，并没有人注意她，于是她松了一口气，缓缓地朝门口走去。

当她就要走到门口的时候，予桐发现了她。

四目相对，刺儿很羞涩地对他点了点头。

那一刻，她在他的眼中，仿佛看到了时间停滞。他愣在原地，似乎想开口说些什么。

刺儿好奇地看着予桐，并不知道愣在原地的他要表达些什么。

这时，一个人的声音，打乱了眼前停滞的场景。

“这么快就走了，不等夏英了吗？”予桐的弟弟有些惊讶地问。

“……哦……不了，时间不早了，我要回去了。”

予桐凝视刺儿的眼睛，良久，忽然像变了一个人似的，周身散发出一种迷人的光芒。

“等等，不要走，你是夏英的同学？我听她说过的，你们很要好，从北京来的，是吗？”

“嗯！”

“你喜欢唱歌吗？”

“……嗯？”

“不要马上走，我想唱首歌给你听！就现在，马上！”

予桐有些语无伦次，迫不及待。

“啊？”

“来！这边。”

予桐不由分说地将刺儿拉到了舞台边，自己坐在舞台中央，摆起麦克风，拿起吉他开始弹节奏，轻轻地唱了起来。刺儿还没有反应过来是怎么回事时，一阵低沉而有磁性的声音已经飘进耳朵里。

随着旋律，刺儿仿佛闯进了另一个世界里，她忘了自己身在何处，忘了自己是谁，透过迷离的灯光，他看到予桐温柔的眼神，那是一种几乎要将人融化掉的温柔。

就这样，予桐在台上深情地唱着，刺儿在台下凝视他的眼睛。

直到现在，刺儿也不知道那首歌的名字，只记得是一首旋律略带伤感的日文歌。

那略带伤感的旋律讲述了一段凄美的爱情故事：他与她在茫茫人海中偶遇，擦肩的一刻，两个人都意识到对方是自己一直在寻找的人，然而转身后，茫茫人海，再也看不到彼此的身影……多年后，两个人再次相遇，却发现已经错过了最美好的时刻……

予桐低沉的嗓音回荡在暗夜之中，唱了一首又一首。

刺儿迷糊了。在这样一个夜晚，屋外是一片纵欲的喧嚣，屋内，是一个男人低声地吟唱。

——难道这样温柔的眼神是在诉说着什么吗?

——难道……是……感觉吗?

——难道……眼前的这个人比自己更寂寞吗?可是,他有夏英啊!

予桐看着刺儿,眼神中充满了柔情和忧伤,那一刻,她不是夏英的朋友,他们也不是初次见面,他们是久别重逢的两个人。

予桐继续为她唱着歌,一曲终了,又一曲,但接下来唱的是什么,刺儿已经听不到了,她完全沉浸在音乐和歌声里。

那一刻,那个声音给了她周身电流般的触动,她的眼睛都是湿润的了。

那个声音,好像是她心灵企盼已久的慰藉,能让自己的躁动顷刻之间,平静下来。

……

只是,此时的时间已到,俱乐部的营业就要开始了。

意外地,予桐放下手里的麦克风,走到刺儿的身边,柔情而坚定地对她说:

"今晚,这里对你免费开放,你想待多久就待多久……"

"不行啊,我要走了,明天要上课的……"

予桐不由分说地来到刺儿的身边，在她耳边轻声说了一句话。

“别离开，等我。”

这句话犹如一道符咒，将刺儿牢牢地锁定。

刺儿愣了一下，鬼使神差般地留了下来。

予桐迅速转身离去，再次出现的时候，完全换了一个人。他脱去了一身白色的西服，换上了华丽的礼服，黑色的条纹与闪亮的蓝色，斑驳地交织在一起，夺目、妖冶。

刺儿依旧停在那个角落，这时，她已从刚才的梦境中抽离出来，静静地看着周围的一切。

俱乐部里，完全像换了一个场景。

涌进了许多珠光宝气的女人们，她们三五成群围成一个个小圈子，坐在一起开心地聊着什么，不时发出号叫般的笑声，厚重的粉底在她们花枝乱颤的脸上一颤一颤，险些掉在地上。

予桐开始游走于各个小圈子之间，每到一处，都能引来老女人们的大笑和欢叫。予桐有时会陪她们喝酒，有时会讲笑话给她们听，有时会站在台上唱一首节奏劲爆的歌，引得台下无数的欢呼与掌声。

那些女人用胳膊挽住予桐的脖子，时不时在他的脸上亲昵着，而予桐露出迷人的微笑。

天啊，这是怎么一回事。

刺儿小小的脑袋有些不够用了。眼前的一切让自己完全不知所措，仿佛在瞬间被换到了另一个舞台，灯光变得更暗了，音乐不再是温婉悠扬，而是色乱情迷，让走进门的每一个人都踩着虚幻进入一个魔境，而门内，群魔乱舞。

予桐不停地被珠光宝气的女人拥吻，他们就这样打情骂俏，刺儿无意识地紧闭双眼，她不想看到这样的场景，同时，她也在想，如果是夏英看到这样的场景，那她该多伤心啊！

那天夜晚，她几次想要偷偷地溜走，但总是被予桐及时发现，他坚定地看着她，还是那句话：

“别离开，等我，一定等我。”

女人们看到这个纯净的犹如一朵水莲般的女孩，纷纷侧目，仿佛这样的女孩，是不应该出现在这里的，这一点，连刺儿自己都想不通，自己为什么会在这里，自己为什么会听他的话，继续在这里等他。刺儿只得又坐回到角落，静静地看着四周，放空。

女人们纷纷离去的时候，天已经蒙蒙亮。予桐的弟弟在一旁数着一沓一沓厚厚的钞票，显然，这一晚，他们收获颇丰。

刺儿看见予桐在对弟弟说些什么，听不太清，只有大概的几个词语“先走”“回家”之类的。不知说起什么，一直低头不语的弟弟猛地抬头，看向哥哥，又望向了她。

予桐又换回了一身白色的休闲西服，不同的是，脸上多了一丝疲惫。他轻轻地走到刺儿的面前。

“现在可以放你回去了，我送你去车站。”

走出门外，天已大亮，街道恢复了白日的安宁与整洁，与昨晚判若两个世界。树梢上，鸟儿清脆的叫声提醒刺儿，自己已经回到了现实世界中。

“昨晚，是我的工作。”

“……”

“只是工作而已。”

“……”

“感到很意外吗？”

“不……啊，至少现在已经不了。夏英知道你的工作吗？”

“不，她不知道，我不让她在营业时间到店里来。”

“还好……”

“嗯？”

“哦，没什么。”

……

“昨晚有你在，真的很好。”

“哎？”

“因为你让我觉得，不会在那个世界里，迷失自己。”

“……”

“昨晚，你让我觉得自己好像回到了最无忧无虑的学生时代。”

“呵呵。”

“你笑什么？”

“可能……可能是因为我这身打扮吧。”

“不，是眼睛。”

“嗯？”

“哈哈，不过你的打扮，确实与那个地方格格不入。”

“哈哈。”

空无一人的街道，清晨的阵阵寒意，两个人就这样边走边聊。予桐仿佛回到了自己的学生时代，他兴奋地向刺儿讲述自己曾经十分得意的恶作剧，刺儿也回忆起小时候的玩伴，两个人都没有刚见面的拘束，倒像是久别重逢的老友。

“那你是什么时候来的日本？”

予桐除了知道这个女孩子来自中国北京，其他的一无所知。

“去年。”

“我们也是！我是说，我……还有夏英。”

“那你是因为什么来的日本？我和夏英是因为我弟弟，就是那个带你来的男孩子。”

这些事情，刺儿都是知道的，夏英都对她讲起过。但是对于刺儿，予桐充满了好奇和热情，却是一无所知。

一个人的路，感觉漫长而又枯燥，两个人在一起，一会儿就来到了岔路口。这就好像人的一生。

车站到了，予桐目送刺儿上车。

透过车窗，两个人久久地凝望彼此。刺儿看到予桐强烈的不舍和淡淡的忧伤。

车开了，透过车窗，刺儿看到予桐渐渐远去的身影，越来越小，越来越小。而他眼神中的忧伤，却格外的清晰。

刺儿靠着车窗闭上眼睛，昨晚的一切，像是一场梦，一切都好像是另一个世界，还有，那种电击他心灵的歌声，那个浮光魅影的夜玫瑰俱乐部。

昏昏沉沉地撑到学校。迎接她的是夏英一脸的歉疚。

“我发誓！我真的想去找你的，我定了闹钟，可是太困了……控制不了自己的身体，就又睡过去了……”

“就知道你会这么说，没关系的。”

“你昨天去了吗？”

“哦……去了。”

“怎么样，我男朋友很帅吧？”

“……啊，是呀，很不错……我是说，很帅，很配你……”

刺儿不知道自己该说什么，她也不知道自己该做何表情。只能趴在桌子上，不看向夏英。

“你怎么好像很没精神的样子，玩到很晚吗？”

“啊，没有……等了你一会儿，很快就回去了……”

“我一个人很无聊，一会儿就回家了……”

脱口而出，刺儿吃了一惊。

——自己为什么要说谎呢?

——是因为不想让夏英知道予桐和那些女人之间的事吗?

——还是……

想着想着，她上下眼皮不听话地彼此打着架，眼睛慢慢地合上，这时，老师走到她面前，敲了一下桌子，以示警告，她连忙正襟危坐。

可就当老师转身的时候，她的眼睛不受控制地又闭上了。

一整夜没有合眼，太累了。

08

飘摇

仿佛是一个无法见光的存在，暴露在阳光里，那没有吻过的唇，没有牵过的手，甚至，没有应合的回声，一点一点地枯萎。

搬家的工作在缓慢地进行中，当然，这种状态只是刺儿而已。

雨终于停了，好像做梦一样，从瓢泼大雨到淅沥的小雨，不紧不慢地绵延了两天，骤然放晴，真实得仿佛梦境。

太阳迅速地从地球的另一端出现，发出耀目的光芒，空气中满是干燥的草木清香，刺儿推窗看去，那些猖獗的青草柔软而服帖地垂到地上，予桐的树醒目地立在它们中间，骄傲、挺拔、温柔。

夏英已经开始收拾行李，隔着虚掩的门，刺儿看到夏英嘴角露出孩童般天真的笑容。那是葬礼以后夏英的第一次微笑。

她推开门，夏英回头看她，嘴角还带着笑的余味。

"你看我们，多傻。"

她手里举着一个典雅的印花盘子，镂空的花纹淡淡点缀四周，弥漫着维多利亚时代的气息，除了过于美丽，刺儿不明白有什么问题。夏英调皮地把盘子翻了过来，刺儿看见，在盘子底部“Made in France”（法国制造）字样下面，印着一张予桐头戴皇家礼帽，旁边端坐着贵妇打扮的夏英的照片，两个人的手握在一起，故作严肃的表情却掩盖不了眉眼间强忍的笑意。

这是恋人间很平常的合影吧。

刺儿的心，突然像被狠狠扎了一下。

为什么会有心痛的感觉呢。

“这张相片，是在涩谷照的大头贴，我特别喜欢，予桐也特别喜欢，说我很像一只猫，我们就请照相馆的小姐帮我们做成这样，是予桐喜欢的恶作剧风格。”

“还有这个，你一定要看看。”夏英说着，拉开了床底下的抽屉，在那个铺着深蓝色天鹅绒的抽屉里，安静地躺着一个乳白色的铁盒，夏英打开它。

“这是那年在函馆，还是冬天呢，我们泡了露天温泉，你不知道我有多傻，穿着比基尼跳进去；这张在雪地上，我生气了，你看到他在我身后捏雪球了吗？他想把它塞到我的领子里；还有这张，圣诞节的街道，我们在找一对最好看的人……”

“这些……都是你们一起经历的……”

“对呀！”

“好珍贵啊，只属于你们俩的回忆……”

夏英没有察觉到刺儿的悲伤，欣喜地指着一张照片，大声说：“没想到它还在，我以为那次吵架他把它撕掉了呢，没有！原来它还在！”

刺儿顺着她的目光看过去，那是一张很陈旧的照片，照片上的予桐还很年轻，年轻得就像个孩子，他穿着一件洗得发白的灰格子衬衫，领子的纽扣解开到第二个，露出同样年轻的脖颈，他的嘴角上扬，露出白白的牙齿。他背靠着一面墙站着，墙上是鲜艳的涂鸦，机车、仙人掌、撒尿的小孩，红嘴唇的女人，还有一行浓烈的红字，红得像是用鲜血涂抹上去的。

“夏英，我爱你。”好像是晴天里的另一场雨，硕大无比的雨珠将刺儿整个人淹没，她无法呼吸，只感觉到心脏的抽搐，一下，又一下。

“我爱你，夏英。”予桐说。

是的，你爱她，她也爱你，那么，我呢？我呢？

仿佛是一个无法见光的存在，暴露在阳光里，那没有吻过的唇，没有牵过的手，甚至，没有应合的回声，一点一点地枯萎。

夏英，我爱你，有照为证。

窗外的雨终于是彻彻底底地停了，太阳的光芒暴戾地抽打着每一丝空气，下雨仿佛变成了远古时期的故事，这样的天气里，夏英在徒然地消耗着体力。

她要把一切属于这里的回忆搬空。

刺儿就这样静静地看着渐渐空荡的房子，看着夏英忙碌的身影。

——我和予桐的爱情，有什么可以证明呢？

——没有。

——予桐留给我什么呢？

——没有，什么都没有……

刺儿看到倚在门口抽烟的“小马来”，他被夏英临时叫来帮忙，但夏英又偏偏不让任何人碰予桐的东西。现在他一个人安静得好像不存在般地望向院子。

“小马来”的存在让刺儿忽然看到光亮：不对，我们的爱情，有他来见证。

衣橱里还有予桐穿过的休闲装、演出服，一橱柜的衣服就那样静静地候着，也许它们不知道，自己的主人永远不会再穿上它们了。

壁橱里有他的登山包、吉他、某年某月某日与某人的合影；厨房有予桐最爱的咖啡壶、他吃意大利面的碟子，上面印着小山羊；他偶尔兴趣看过的书，那是一本和小王子类似的书，温馨语句掩盖不了惨烈人生，然后被他遗落在沙发背后——他更爱音乐，CD架上有他的上千张CD，还有，他和夏英数不清的合影，甚至，床底下的一支从他手中跌落的铅笔。

覆盖过他身体的被褥，充满他味道的枕头，他的手触摸过的每一寸家具。

他呼吸过的空气，他在房间里说过的话，仿佛上一秒还在回荡。

像阴雨时节骤然地暴晒，一切织物都散发出霉菌的味道，你晒过被子吗？把它晾在竹竿上，用手拍打着，在阴霾里积蓄多年的气味暴露在艳阳下，汗迹、血迹、人体的气味，是的，这些味道会一点一点地消失，取而代之的是太阳的气味，那种坦荡而香甜的味道。

那将会是一条崭新的被子。

那个时候，予桐就真的可以消失了吧。

下午三点，夏英终于停下休息了，葬礼前后惨烈的哭泣让她的身体和心灵都倍感脆弱，她的背影失去了以往的桀骜，像个被抛弃的小女孩，她坐在地板上，倚着沙发，不发出一丝声响。

刺儿看着疲惫的夏英，无声无息的悲哀涌上心头。

——也许，予桐留给自己的，是夏英吧。

天知道，这是多么悲凉的礼物。

“刺儿……”夏英突然叫她。

夏英来到她身后，停顿了一下，手轻轻触到她的肩。

“夏英……”

刺儿突然回头，眸子是闪亮的，散发着某种热切的光。

“刺儿，我要把他的一切东西都收到一起，放到新房子的地下室里，然后，把钥匙藏到海里，他的一切东西，包括他呼出的空气。”

她低低地笑了一声。

“他呼出的空气……刺儿你知道吗？我这几天有多快乐，他留下的一切都是证据，证明他多么爱我，他到现在都爱我，生前，死后，他永远永远都爱我……”

她突然摇摇晃晃地站了起来，兴奋地拉住刺儿的手。

“你能体会那种感觉吗？这一切都让我确定，我们之间的爱情是不会变的——永远……”

永远。

她的嘴唇微张，似乎在揣摩着这个字的含义，然后她喃喃地重复着，脸上带着虔诚而满足的光。

“永远。”她再次确定地说。

夏英对永远，有着一种骨子里带着的偏执。生活在母亲强权压制下的父亲，更加软弱无能，这也让男人随时等待着时机，从这种氛围中逃离，得到喘息。但这种压抑，是夏英最先承受不住逃离了出来——她十六岁离家出走，就遇到了银行家。他给了夏英想要的一切：物质、爱情、陪伴，这一次她想自己可能得到了永远；但她以为这段“永远”的绚彩泡沫，在看到予桐的一刹那炸裂。

在一段关系中，“永远”像信仰般存在，每个人都在诉说传颂，却从没有人见过，唯独夏英，在予桐身上得到了。

这天晚上，刺儿听着水滴的声音入睡，水滴的来源是卫生间，夏英整晚都待在里面，她在细心地清洗予桐留下的每一件东西，房间里充满着水的气味。

刺儿就是在这样的气味里进入梦乡的。

水滴声渐行渐远，这一刻，她梦到了城市，这是一个中廿纪喧嚣的城市，热闹、肮脏，夏季仿佛置身于熔炉中，她身着薄纱漫步其间，不远处的宫殿灯火通明，不知道是否在举办一场盛大的舞会，她轻踏台阶，裙摆摇曳，低头看，脚上是一双璀璨的水晶鞋，是要演绎灰姑娘的故事吗？

侍者低身行礼，她带着惊叹和骄傲踏入大厅，华贵的水晶灯笼罩着整个大厅，纹质华贵的布幔盛开在高高的窗口上，曼妙的音乐响起，一对对舞伴翩然起舞，她在人群中穿梭，她清澈的眸子四处张望，她知道自己要找谁。

他坐在楼梯下的阴影处，手里拿着某种琥珀色的液体，他并不啜饮，只是默默地，看着某个点，她知道，他在等待。

她走到他面前，凝望着他，他们没有语言，仿佛前世就已注定今世要相遇，他牵起她的手，优雅地做了一个“请”的姿态，她知道，这是他对她跋涉千年的第一个问候。

她的水晶鞋轻盈地落在舞池里，像雨滴，像鹅毛，他握着她的手并不用力，温柔中却带着坚定，语言是多余的，他们的指尖、手臂、腰、胯，舞步和节奏仿佛夏天的溪水那样自然地流淌，像秋天的风，冬天的雪。

一曲终了，他才有时间慢慢地打量她，他的眼睛里写满了几世思念的疼痛，音乐又响起来了，他们又跳舞，一曲，一曲再一曲。

该到十二点了吧，到了十二点，这一切就该消失了……

他们跳得越来越快，越来越疯狂，音乐已经不重要，身体也不知道去了哪里，他们只是舞、舞、舞!

在钟声敲响的那一刻，一切就像死去了，空气被割裂，溪水干涸，风声停止，雪花融化。

他眼睛里是她，她眼睛里是他，如果就这样死去，一起死去，也没有遗憾吧。

十二点，他突然消失了，从她紧握的指缝间，像无形的沙，像风，像水，像梦境。

就这样凭空消失了，不见了。

他们连一句话都还没有说呢……

醒过来的早晨和其他的早晨并没有什么不同，眼泪已经干透，风一吹过，眼角发紧，刺儿倒了一杯水，打量着身后空荡荡的房间，夏英以惊人的执着彻夜搬空了房间，所有的东西都放到了纸箱里，标注着1、2、3、4、5……

予桐的痕迹，就这样支离破碎了。

清早，刺儿最初的悲伤，是从她走入那个被搬空的房间开始的，即使那时她仍然没有去想予桐可能要永远地离开自己了，可能他还在某个地方，只是躲起来了而已，她的悲伤是因为突然面对了空荡荡的房间。这里，这里曾经是三个人共同拥有的世界啊。

早饭是夏英准备的，两杯浓浓的咖啡，给刺儿的那杯还浮着奶油，做成卡布奇诺的样子，在夏英眼里，刺儿还是那个甜腻的小女孩吧。

“新房子明天就可以搬过去。”夏英使劲咬了一口蛋糕，她实在是饿坏了，但眼里的光芒比什么时候都要强烈。仿佛只有用力地诀别才能摆脱先前的软弱。这是夏英的性格。或者说，先前的软弱才是夏英真正的性格？刺儿也糊涂了，唯一可以肯定地是，夏英在一天一天地恢复，而自己，在一天一天地沉沦。

咖啡的香味有很强的催泪作用，刺儿一闻到，喉咙就会不自觉地哽咽。

“夏英……你不是说过……要把他的东西锁在地下室，把钥匙藏到海里吗？”

“对！”

“那么，让我们一起去做这件事吧！”

“去海边……？”

“对，去海边！”

泪，无声无息地滑落，隐藏在夏英看不见的角度，恰到好处。

是从什么时候开始的？又是怎样开始的呢？

在刺儿的心中，界限始终不明了。她就这样一直深信夏英是自己的好朋友，而予桐，则是好朋友的男朋友，就这一点，够了，就这一点，就足以自制了……可是，可是那之后，又是如何有了现在的回忆呢？

09

向前一步，便是悬崖

人最擅长的就是给自己想做而又不应该做的事情找到完美的借口。

那一夜之后，时间突然飞快地运转。

刺儿的生活一直处于忙碌且措手不及的状态中，忙于应付所有科目的考试，忙于每一天上学放学的路上，忙于听夏英继续喋喋不休地夸赞自己的男朋友……

夏英说起两个人一起离开马来西亚私奔到日本时，嘴角是抑不住的幸福甜蜜。每每讲到男朋友不顾那些上流社会的朋友、如日中天的事业、数以万计的歌迷，只是为了让自己开心，夏英的眼神就更亮几分。

她口中的男朋友，来日本后比之前更努力地工作只为给她最好的生活。他要送她来最棒的学校、住最豪华的公寓、买最新的衣服、送最贵的包包，一切夏英喜欢的，男朋友都会送到她眼前。这一切都是因为他爱她。

面对夏英，刺儿只是默默地聆听，从不作出任何的评断。

她害怕。她害怕自己一张嘴就收不住口，会把那天晚上所有的事情一吐而出。

那样的后果，她不敢想象。

就这样，一个月过去了。

这段期间，刺儿放学时偶尔看到校门外的“小马来”。他总是和一群男男女女在肆意嬉闹，眼神从没看向过刺儿。但她知道，“小马来”会隔着几步远送她回家，看她上楼就转身离开。

两个人没有过一句对话，这让刺儿更侥幸地欺骗自己：一切都是巧合。

在一个阳光明媚的午后，刺儿下午没有课，早早回到家中，进门的时候，电话屏的指示灯不停地闪着，一个陌生的电话号码在这一天平均每半个小时就会有个记录，刺儿没多考虑就拨了回去。

“请问……”

“天啊，你终于出现了……”

电话里传出了那熟悉的沙哑而倦怠的声音。

“……”

“我是予桐，你还记得吗？”

“你怎么知道我的电话？”

一方面，刺儿冷静地提问；另一方面，心怦怦地狂跳，她就是这样，越是内心不平静的时候，表面装得越是沉着冷静。

“找到你真是太不容易了，知道吗？你闯入我的生活里瞬间就消失得无影无踪，我以为你一定会再来，一定会再来看我，可是，随着时间一天天地过去，当我意识到你不会再出现时，我很难理智了，我从夏英那里偷偷弄来你的电话号码，我……我忘不掉你，我想再一次见到你，哪怕只有几分钟……”

予桐语无伦次地对着电话听筒不停地说着，生怕语音一落，电话就断了。

而刺儿这边原本刻意遗忘的一些感觉，在那一刻，所有尘封的记忆，突然全部涌上心头，这个电话对于她而言，又是多么的难得啊。

可是，她的脑子里忽然闪出一个身影——夏英！

电话那边，予桐还在说着什么，可是她已经无心去听了。

只是，有一句话，清晰地飘进她的耳朵：

“能出来坐坐吗？十点，在风林……”

刺儿一下子放下了电话，她不敢听，她不敢听接下来的内容，她不敢知道时间和地点，她不敢再面对那样的眼神，她不敢……

电话又响了起来。

刺儿没有接。

电话铃声一直不停地响着。

刺儿依旧没有接。

电话铃声仍然在肆虐地响着……

刺儿拔掉了电话线。

她用力地甩了甩头，好像要将予桐甩出自己的记忆。

她如释重负地松了一口气。没事了，没事了，她这样安慰着自己。

第二天下午，结束了一天的课程。

在往常，一下课，同学们纷纷作鸟兽散，早已不见踪影，而刺儿和夏英则会去逛街或找个地方胡吃海塞一顿。可今天，气氛似乎有些异常。

"好奇怪哦……大家都没有离开的意思……"

刺儿看着四周莫名其妙的同学们，这样想着。这时，夏英从背后轻快地拍了刺儿的肩膀。

“走吧！”

“去哪里？”

“我男朋友的店啊！”

“啊？”

“啊什么，本来想昨天打电话告诉你的，可是一直没人接，干吗去了？”

“没……啊，可能……是电话出了些问题吧……”

夏英没有注意到刺儿的反常，洋溢着满脸的幸福。

“我男朋友今天请全班的同学去店里玩！”

“全班？！”

“是啊，他昨晚忽然问我咱们下课后的去向，然后说最近生意很好，要请全班的同学去玩，一个也不能落下！”

“……”

“我想……大概是想谢谢大家吧……”

“道谢？为什么？”

“可能是想，谢谢大家对我的照顾吧！他对我实在太好了！”

夏英的脸上洋溢着幸福。

“……是啊……真的，真的很好……”

刺儿的心，扑通扑通地狂跳……

傍晚，全班同学到了予桐的俱乐部。“小马来”还是倚着门口在抽烟，看着被夏英拖着才向前走的刺儿，什么话也没说就掐灭了烟。等两个女孩走到自己身前，才转身走进俱乐部。

这个只过了一夜却那样熟悉的地方，让刺儿感到浑身不自在。

予桐忙里忙外，热情地招呼着全班的同学。

他的眼睛时不时瞟向刺儿这边，每当四目相对时，刺儿总是连忙低下头，或是将目光移开。

而他，却依然执着地捕捉她的目光。

聚会到了高潮，同学们疯得如群魔乱舞，夏英更是俨然女主人般的热情洋溢。

这时，音乐忽然安静下来，舞台的光亮了起来，所有人的目光都被吸引过去。

予桐坐在台上，光环下的他，总是分外的迷人。

“我要唱一首歌……”

没有多余的话，予桐缓缓地唱了起来，他的声音穿透力极强，一瞬间抓住了每个人的心。刺儿的眼眶有些湿润，又是那首歌，那天晚上予桐为她唱的那首歌。

刺儿的思绪随着歌声飘到了很远的地方。

那是一片空旷的田野，田野上奔跑着一个十五岁的少年，他是那样的年轻，那样的单纯。彼时他的世界里，只有阳光、田野和无尽的奔跑；彼时他的脑海里，只有一片无尽遥远的海。

那就是予桐最向往的时光吧，那就是他所渴望的纯净吧。

刺儿陶醉在他的歌声中，一抬眼，迎面而来的是他执着的眼神。

就是那眼神中浓得化不开的温柔，让刺儿好不容易筑起的铜墙铁壁，顷刻，坍塌了。

他们四目相对，恍若隔世。

她突然感到，这样的男子，倾心于自己，是如此的幸福。

一曲终了，夏英一下子扑到予桐的怀中，众人肆虐的叫喊声将刺儿拉回到现实中来。

接下来，同学们开始狂欢，予桐走上来对刺儿说：

“可以请你跳支舞吗？”

刺儿回头看着夏英，那个家伙早已开心得东倒西歪找不着方向了。

“不了，我……有些不舒服……”

“别逃避。见到你，好开心啊！”

“不要这样，请好好照顾夏英。”

整个晚上，刺儿都是在逃避的状态，而予桐，他的心和神都一直围绕着刺儿。

刺儿又怎会感觉不到呢？她只想赶快结束这一晚的狼狈情形，她，已然乱了分寸。

那天晚上，很多同学都喝多了，刺儿也是微醺地被“小马来”送回公寓。路上“小马来”一直在喋喋不休地讦予桐，不知是因为予桐的态度还是刺儿的半醉半醒，才让他打开话匣子。

刺儿才知道原来予桐是因为接济家里才辍学，原来予桐做歌手是因为父母的医药费，原来予桐一直在照顾这个弟弟，原来予桐的这份工作只是因为想给夏英和弟弟更好的生活，原来予桐的理想是去好莱坞拍电影，原来予桐……

次日清晨，刺眼的阳光投进房间，刺儿在睡梦之中被电话铃声吵醒。

“醒醒，我是予桐……”

天啊，又是他。

电话里传出予桐特有的沙哑声，让刺儿感到心惊肉跳。

“我……我……我还没醒呢……”

“今晚十点，风林会馆，我等你。为了怕你挂断电话，我先说出来……”

“我没时间，去不了……”

“不要逃避了，是在风林会馆，还是，再办一次全班的聚会，或者，我对夏英坦白。”

“你！……你从来都是这么霸道吗？”

“我……”

予桐似乎也有些责怪自己的莽撞。

“总之，我会等你。”

说完，予桐挂断了电话。留给刺儿的，是电话那边的一片忙音。

十点，风林会馆。我等你。

我等你！

风林会馆。十点！！！

脑子不断回响起昨晚“小马来”的话，予桐、弟弟、药费、工作……

刺儿一下子彻底从睡梦中清醒。之后，一整天都是神情不定、坐立不安。她希望时间走得慢点，多给她一些思考和抉择的时间，她的心在不停地挣扎。

——……我……我真的要去吗？

——不！绝对不可以！他是夏英的男朋友啊！”

刺儿拿着两个手偶，分别扮演两个自己，并努力地说服对方。

“可是……可是只是去坐一会儿，聊聊天，没什么的，我和夏英不也经常这样吗？”

“哼！你问问你自己，真的一样吗？背着夏英和他见面，你这是背叛友谊的行为！”

“才不是！”

“就是！”

“那好，我问你，真的不去见他，你过得了自己这一关吗？”

“……我……”

“你问问你自己，真的不想见他吗？”

“我……我当然想见他……不！不可以不可以！！他是夏英的男朋友呀！”

刺儿探出头来，看着争吵不休的玩偶，忽然感到浑身无力。

“可是……这样下去不是办法……我应该跟他说清楚……”刺儿的眼前忽然一亮，好像是就要溺死的人发现救命稻草一样。

“对！见他的目的，是要和他把话说清楚！”

直到今天，刺儿想起当时的情景仍是不免会心一笑。人最擅长的就是给自己想做而又不应该做的事情找到完美的借口。

刺儿到风林会馆的时候，已经是晚上十点多了。热闹的街上一片纸醉金迷，而会馆内却是安静的。几盏幽幽的小灯，几对相对而坐的恋人，将黑暗衬托得如此暧昧。

予桐就坐在靠窗的位子上，窗外的霓虹，在他的脸上投下斑驳的影子，竟显出一种脱俗的闲静。

“……与俱乐部的予桐判若两人呢……”刺儿这样想着，在予桐的对面坐了下来。

予桐看着刺儿，表露出松了一口气的神态，然后，又是那种温柔，那种使刺儿有些晕眩的浓得化不开的温柔。为了避免尴尬，刺儿回报予桐一个灿烂如花的微笑，但显然有些心虚。

“如果不想笑，可以不笑的。”

“……哎？”

予桐笑笑不再说话，他为刺儿点了一杯蓝山咖啡，安静地看着她。刺儿礼貌地喝了一口，便将杯子放下，她是不喝咖啡的，可能也是方法不当吧，不加糖会很苦，加糖会甜腻，失去咖啡的本色。相比较来说，刺儿更喜欢喝茶。

“我想你一定更喜欢喝茶吧。”

“你怎么知道？”

“都写在脸上了。”

“嗯，是不太喜欢咖啡的。”

予桐将刺儿的杯子拿到自己面前，优雅地闻了闻，加入一些糖和奶精，然后用手指夹起汤匙在杯中轻轻地搅动，咖啡的表面形成一个棕色的旋涡。

“再试试。”

刺儿又尝了一口，味道果然有些不同。

“嗯，更清香了。”

“这里的咖啡很地道的，我最喜欢蓝山。”

两个人都没有再提起电话里的一幕。而是像许久不见的好友，品着咖啡，聊着天。

予桐开始喋喋不休地说起自己的咖啡经，从咖啡的起源说起，再说到咖啡的磨制方式，最后说到咖啡的调制方法，还有，什么心情喝什么样的咖啡等。刺儿觉得很新奇，从来没有人和她说过这些，而他说这些的时候，眼睛里露出孩子一样兴奋的光芒，就好像在向小朋友炫耀自己的收藏一样。

予桐说完了，刺儿满脸微笑地看着他，他忽然有些脸红。

“我很无聊，是吗？”

“啊，不，当然不会，我很感兴趣的……只是，你好像变了一个人。”

刺儿开始敞开心扉，和他讲起自己初来日本，跟着广田真实闹出的趣事。予桐坐在对面，笑意盈盈地看着刺儿手舞足蹈地讲述。说着说着刺儿提起了父亲：“我想，我其实应该是爱他的。我以前很多次想象自己爸爸应该是什么样的，可每次想起都是失望，后来不敢再想，也就想不起来了。”

“可我们明明都住在一起，却还是那么陌生，”刺儿茫然地看着予桐，“他不理解我，我也看不懂他。”

予桐摇摇头，声音如同温煦的阳光：“家人最重要的是心意相通。我和弟弟，经常会吵架，他说虽然我资助钱给他，但根本不信任他能做好；但我只是担心他太小，担心他玩心重，担心他会被骗。吵得急了我们甚至还会动手。”

他停顿了一下，定定地看着刺儿：“但我们知道，我们是爱着对方的。”

刺儿被他盯得不自在地移开视线，就听见对方轻笑一声。

“那天，我吓到你了吗？”

“……”

“我喜欢你。”

“哈？”

“我喜欢你，尤其是眼睛。”

“我想我有必要和你说……”

予桐做了双手伸向前，做了一个“stop”（停）的动作。

“你不用说的，我明白。你想说，你是我女朋友的好朋友，而我们也不可能在一起。”

“……既然，既然你知道，为什么？……”

“第一眼见到你，我就知道，我喜欢你……你的眼睛，是清澈的。”

“清澈的？”

“对，给人一种单纯的，没有杂质的感觉。那晚之后，我以为我们很快就会见面，这可能是我对女人的自信吧，但这种自信让我吃了苦头。”他的嘴角微微扬起，苦笑着摇了摇头。

“接下来的一个月，我一直在压抑自己的感情，你所顾虑的，我也一样。但是当我再次见到你时，我才发现自己的伪装是多么的愚蠢。”

“不，别说了，我只是……”

“你只是我女朋友的好朋友嘛。”他笑了，笑得有些苦涩。

予桐看了看表。

“我该去工作了，以后不要去那种地方了，不适合你。”

“……好……”

予桐送刺儿去车站，一路上两个人都没有说话。形形色色的人与他们擦肩而过，恣意的放纵与喧嚣更加显得两个人之间沉默得死寂。

“小马来”走在两个人身后的不远处。予桐还要回去工作，他来替哥哥送刺儿回家。

车门关上前的那一刻，予桐一直看着刺儿的眼睛。

“我只是想看一看你，你让我觉得自己的灵魂是干净的。”

车缓缓地开了，刺儿再次看着予桐的身影越来越小直到消失不见，她知道，那最后的一句话，使他们永远也分不开了。刺儿身边的“小马来”，自上车到她家楼下再没开口说过一句话。

从那以后，他们经常在风林会馆见面，同样，只是一杯咖啡而已。喝完咖啡，予桐会送刺儿上车，自己去夜玫瑰俱乐部上班。予桐没有再向刺儿表白过，而刺儿也只是陪他喝一杯咖啡，她仍然强调“我只是你女朋友的好朋友”，但遭遇的都是予桐“stop”的手势。

夏英仍然活得无忧无虑，下课时还会到天台去抽烟。

“你今天怎么没精打采的？”

“没喝咖啡吧。”

“你有早上喝咖啡的习惯？”

“不，我现在晚上不喝咖啡睡不着。”

久而久之，刺儿发现喝咖啡真的会上瘾。她渐渐习惯自己小心翼翼所扮演的角色。风林会馆，蓝山咖啡，还有，予桐。他们不谈感情，不谈夏英，只谈天，只说地。他总是能讲出很多有意思的故事，在一起的时光是轻松快乐的，他从不会给她压力，也不会逼她去面对什么。

这一切竟然让刺儿感到放松。

她天真地以为，只要自己不说“我喜欢你”，只要自己不和予桐接吻、拥抱或是亲密地身体接触，她就没有对不起自己和夏英的友情，就像小时候在家里探宝一样，既不用害怕被发现，又享受寻宝的乐趣。但她却忘了，自己已经在这份感情里，越陷越深。

一夜，夏英忽然打电话来。

“刺儿，是我……”夏英的声音有些低沉。

“……出什么事了吗？”刺儿的心忽然提到嗓子眼。

“没什么……你能来陪陪我吗？”

“现在？”

“对，今晚，来我家住吧。”

“……”

“没关系的，我男朋友晚上要上班，不在的，你陪陪我，好吗？”

“……好的……我一会儿就到。”

刺儿放下电话，松了一口气，但那可恶的罪恶感却一点一点地爬上了她的心头。

夏英的家是一栋破旧的老房子，据说房梁已经被白蚁腐蚀，所以房东以很低的价格租给了他们。

“虽然又小又破，但是我们都很喜欢！”夏英招呼刺儿进屋坐下。

“是啊，外面的小院子，应该是精心修剪过的吧，很漂亮呢！”

“是予桐弄的，他很喜欢植物的。”

“哦，是吗？”

“不过他最近……”

“嗯？”

“啊，没什么，你喝什么茶？”

“给我一杯咖啡吧。”

“哎？刺儿不是很喜欢喝茶的吗？最近真是奇怪，所有人都怪怪的……”

夏英说起予桐资助弟弟从不计较，工作越来越忙，经常一整天不见人影，“我知道，都是因为他那个弟弟！在马来西亚就一直闯祸，现在逃到日本，仍然陋习不改。”

“……”

夏英和予桐的卧室色调很暗，大部分是以暗红色为主，有一种莫名的不安。地上一块方方正正的榻榻米布置得倒是很温馨。夏英喜欢将予桐睡的那一边铺得低一些，说是这样睡在他身边会有一种安全感。

刺儿在夏英的家里不会感到很拘束，大部分的时候和在自己家一样。两个女孩子一边看电视一边做着可口的消夜。夏英喜欢做寿司，大多数女人的手很热，不适合做寿司，会破坏原料的鲜美，但是夏英的手，总是冰冷的。

“你不可以睡在他睡的那边榻榻米上哦。”这是夏英对刺儿唯一的要求。

睡觉的时候，夏英会在予桐睡的那边放一只可爱的小兔子，因为予桐是属兔子的。刺儿就睡在夏英那边，夏英和小兔子睡在予桐那边。两个人躺在地上，看着天花板，陷入沉默。

“怎么不说话了呢？”夏英看着天花板问。

“……你……很爱他吧？”刺儿看着夏英身边的小兔子。

“嗯，我这辈子最爱的就是他。”

“那他呢？你了解他吗？”

“……他……”

“……对不起，我不该问这些的……”

“不，没关系……我本来是很确定的，但是最近……”

“最近？”

“最近，他开始对我有些冷淡了……”

刺儿的心跳忽然加快了。

“最近他总是对我很冷淡……我们已经……已经很久没有……”

“哎？”

“呵，你不会懂啦！他现在不会经常回来睡觉，不会和我一起吃饭，也不太接我的电话；我和他讲自己喜欢的东西，都是助手买了送来。”

“刺儿，我害怕……”夏英忽然眼睛里充满了忧伤。

“夏英……”

“我以前的男朋友曾经和我说，他根本不喜欢我，他说他很了解予桐，说予桐是因为责任才和我在一起的……我好害怕，我好害怕他说的是真的……我们只要稍有不好，我就会想他是不是真的不喜欢我，而是因为当时形势所迫，他必须选择和我在一起……”

“夏英！夏英你冷静点，不会的，你别胡思乱想，情侣之间总会遇到问题的。”

“是吗……”

“当然啦，我爸爸和妈妈以前也总是因为一些小事情吵架呢。”

“我不能容忍我们不好，我好爱他，如果他对我有什么不满意，我一定会改的……”

“夏英……”

夏英说着说着，忽然笑了。

“呼！说出来心情好多了，放心吧，我不会有事的！”

刺儿看着夏英孩子般的脸，充满怜爱地抚摸她的头发。

“没事的……一切不愉快都会过去……”

刺儿也不知道这句话是在和自己说还是在和夏英说。两个人就这样聊着聊着，睡着了。梦里，刺儿看到予桐的眼中充满了忧郁，在夜空中一闪一闪的，煞是好看。

第二天一早，予桐拖着疲惫的身体回到家中。当他看到刺儿时，儿乎不敢相信自己的眼睛，一扫彻夜工作的疲惫。他兴致很高地来到厨房为夏英和刺儿做早餐。夏英回房间洗漱的时候，予桐就会和刺儿说：

“左边的这份是给你的，多加了半个鸡蛋，啊，还有，红色杯子的咖啡是专门给你调的！”说完调皮地眨眨眼睛。

三个人的早餐，两个半的幸福，还有，半个煎熬。

刺儿推说自己不舒服，没有去上学。走出门时，天上飘起了鹅毛般的大雪。时间突然变得缓慢，随着雪花纷纷落下，刺儿仿佛听到了时间划过脸庞时的刺痛。她哭了，不知是为自己，还是为突如其来的雪。

她麻木地向前走，“小马来”不知何时出现在刺儿的身后，没有动作也没有出声安慰。只是安静地把衣服搭在她身上。

刺儿在家门口的一个电话亭停下，拨通了予桐的电话。

“……喂……”

“……刺儿？”

“……”

“……是你吗？……”

“我们……不要再见面了……”

电话亭外的“小马来”，用无法言说的悲伤眼神望向她。

这次他上楼，送到刺儿的公寓门口，“只有你……救赎……”，留下这样不明不白的言论，就转身离开了。

10

去海边

她和她并排躺下，闭上眼睛，眼前是一片温暖的橙红。从没有真正的黑暗，只是人们自己封锁了心灵。你看，他说，在阳光下闭上眼睛，是看不到黑暗的，你会感觉到生命的温暖。

刺儿与夏英坐的是旅游巴士，和一群去郊游的小朋友一起。

夏英披散着头发，穿着一条纯白的棉布裙子，戴着大大的耳环，脚下的凉拖是一块扎染的布，折上几折，盖上脚背，一副漫不经心却又别有风情的样子。她哼着歌，嘴唇轻颤着，细长的脖颈上是一条黑色的麻线绳，散发着粗糙暗淡的气息，挂在上面的是一把银色的钥匙，锁住记忆的钥匙。

刺儿倚着窗，窗开到最大，风肆意地灌满整个车厢，她的头发全部飞扬起来，脸颊感觉到粗砺的疼痛，直到风渐渐变得柔滑、湿润，那她就知道，海边已经不远了。

车停了下来，欢蹦的孩子飞奔向沙滩，娇嫩的皮肤在阳光的照射下张开了毛孔，能看到金色的小小绒毛。沙滩下留下杂乱的、小小的脚印，然后被潮水淹没。

海，又是那片海，只是，你已经不在了。

刺儿和夏英坐在沙滩上，春末的海还有几分凛冽，这是一片野海。荒凉、孤寂，却又生出几分一个人的惬意，刺儿看着天空，有一群海鸥飞过。

夏英闭着眼睛躺在沙滩上，风吹乱她的头发，阳光直射她的脸，她就那样暴露在阳光里，一动不动。刺儿看着她，心里突然生出一丝疼痛，就像对自己的怜惜。

她和她并排躺下，闭上眼睛，眼前是一片温暖的橙红。她记得予桐告诉过她，从没有真正的黑暗，只是人们自己封锁了心灵。你看，他说，在阳光下闭上眼睛，是看不到黑暗的，你会感觉到生命的温暖。

潮水涌上来，打湿她们的脚踝，又匆忙地退去，像是调皮孩子的游戏，海鸥啾啾的叫声渐渐远去，沉入了海的另一边。寂静的沙滩上，只有她们寂静的呼吸，黄昏来了。

伴随黄昏而来的是退潮，在她们醒来的时候，海已经远远地抛弃了她们。

“快看日落！”夏英的声音充满了激动，她兴奋地抓住她的手。

刺儿抬头望天，天空被热烈的光芒笼罩，在遥远的，遥远的海与天的交界，太阳，巨大的太阳慢慢地沉入海底，它所散发出的光热都快使海水沸腾了，它要酝酿一场最后的、盛大无比的绽放，然后沉没，无声地滑入水中。

夏英站起来，拉着刺儿的手，朝海边跑去，夏英在喊，用尽全力地喊——

“啊——啊！”

她抛开了刺儿的手，跌跌撞撞地跑，脚陷入柔软滑腻的沙中，她跌倒了，跪在地上，还在喊——啊！啊——！

她的声音是悠远的，音调拉得很长，衬着夕阳，像一幅凄怆的画。

刺儿的喉咙突然哽住了，她感到眼睛酸涩，她止不住要流泪了，她想喊，张开嘴却发不出声，她大口地呼吸着，胸口剧烈地起伏，终于，她感到自己可以说话了，她要呼唤夏英的名字，可是她脱口而出的，却是——

“予桐！予桐，予桐——予桐——”

予桐……

海呼啸着吞没了她的声音，但她的耳边还停留着巨大的，嗡嗡的回响——予桐！予桐予桐予桐——我终于可以尽情地呼喊你的名字了——你听到了吗？予桐。

刺儿向夏英跑去，她们一起跪倒在潮湿的沙滩上，太阳就快要完全沉下去了，她们拥抱着彼此，她们只有彼此，她们都激动得泪流满面。

夜幕降临了，她们生起了一堆篝火，那把银色的钥匙还挂在夏英的脖子上，刺儿用手握住它，起先，它很凉，然后变得温润，仿佛成为了身体的一部分。她们要在午夜的时候把它沉入海底，她们一起。

午夜。

最先感觉到的，是海水的冰凉，像冰碴儿浮过皮肤，不，像锋利的刀尖，滑过皮肤后渗出刺骨的温暖。海底漆黑一片，刺儿感到像被遗弃般的慌张，“夏英！”她大声呼喊，然而，除了一连串浮出水面的泡沫，她什么也喊不出来，她的手慌张地拨动海水，向海面游去，浮出水面，第一眼看到的是银盘般皎洁的月亮，孤单地悬在空中。“夏英——夏英！”她无措地四处张望，空寂的海面上没有一个人影。

她绝望地喊着，恐惧占据了她的心，突然，她感到水中有一双有力的手环住了她的腰，她惊慌地转过身去。

哦。

是那么温柔、那么熟悉的眼睛，是他的眼睛。

刺儿微笑着闭上了眼，他从背后拥抱着她，她的头枕在他的肩膀上，只是一刹那的事，却恍然觉得这就是永恒。

予桐说过，如果梦境太美而不敢相信的时候，千万不要掐自己，如果真的是梦境呢？与其清醒绝望地醒来，不如永远地沉睡下去。

那就这样吧，这样吧……

予桐的呼吸还在耳边，这是他第一次抱我，也是最后一次……

让梦境来得再久一些吧。

耳边是潮水的声音，冰凉的感觉从脚趾蔓延到小腿，感觉手指陷进了沙里，抓起来的却是虚空，似乎有人在遥远的地方轻呼着自己的名字，意识慢慢清醒，刺儿睁开眼，眼前是夏英焦急的面容。

天空一片橙红，晚霞还没有消散，海鸥围绕着落日优雅地滑行，四周一片寂静，刺儿感觉到夏英在紧紧拉着自己的手。

“你终于醒了，吓死我了。”

“我……？”

“刚躺下不久你就昏睡过去，怎么推也推不醒，嘴里还一个劲地喊——冷，冷。”

刺儿心里一颤：“我，我还说了别的什么吗？”

夏英怔了一下，低声说：“你一直在喊他的名字。”

顿了一下，夏英说：“我已经把钥匙扔到海里了，我们回去吧。”

太阳褪去了最后一点光芒，天完全暗了下去，刺儿这时候才感到周身的寒冷，这本该是一场记忆的埋葬，然而仪式的意义却是要人记住。

午夜的公路很安静，除了一些往来穿梭的车辆，它们的灯光在黑夜里像无数萤火虫在闪动。刺儿和夏英从海边一直步行到公路，彼此都沉默着。空气中弥漫着野花的清香，夏英突然回过头来，牵住刺儿的手，她盯着刺儿的眼神是忧郁而迟疑的。

“刺儿……予桐死了，你也很伤心的吧？”

仿佛流动在两个人间的空气被微妙地撕裂，她们第一次认真谈起予桐的死，并第一次用他的名字代替了“他”，她想她了解夏英在想什么，这些天来，她压抑得太久，所以暴露得太深。然而她不知道如何回答她，“予桐”这个短暂的音节像她们之间无法逾越的鸿沟，他是她们成为同伴的基础，也使她们的关系充满分崩离析的可能。

“刺儿？……”

“我们快些走吧，我只觉得好冷。”

然后她们都沉默了，在夜色里加快了脚步。

她们是在半夜三点抵达市区的，刺儿执意要在老房子里留宿一宿。空荡荡的房间更加隔绝了两个人的距离，半夜，窗外又轻轻下起了雨，刺儿无法入睡，耳边传来夏英轻缓的呼吸，她的呼吸很轻，表示她睡得并不安稳，雨滴声渐大，房间里充溢着湿润的腥味，哦，忘了什么，刺儿起身奔向窗外，予桐的树挺立在泥泞里，执着，坚定，像一个无法忘却的存在，原来你一直在那里。

一直都在那里。

她感到床轻微起伏的声音，一双脚在寻找拖鞋，越来越靠近窗口的脚步声，她知道夏英醒了。她感觉到来自耳后的呼吸，她没有回头，只听到夏英刚从酣睡中苏醒的沙哑声音。

“又下雨了……。”

“是啊。”

“我在床上睡不沉，总觉得忘了什么东西在这里……予桐的东西，还有什么没有带走的呢？”

“那棵树……是他以前种下的。”

“哦……”

“你也要把它带走吗？锁进地下室或是扔进海里？”

“是啊。”

“可是……可是它是一棵树啊！”

“它不仅仅是一棵树，他是予桐的树，像所有其他的一样。”

刺儿和夏英一起凝望夜色中的树，彼此不再说话，有风吹过，窗外的青草随风起伏，树却岿然不动，雨水淋湿了树干，使它在夜色中闪动着鱼鳞般的光泽，树叶仿佛一双双幽蓝而深邃的眼睛，湿润得快滴出泪来。

“夏英……”刺儿轻轻地说。

“嗯？”

“这棵树应该留在这里，它不仅仅是予桐的东西，它也是一棵有生命的树啊！”

“……”

天色微明，鸟儿的叽喳声从窗外传来，刺儿睁开了眼睛。喝了一大杯水之后，她束起头发，轻轻推开门。

泥土的淡腥味还没有褪去，树在风中轻轻摇曳，她朝它伸出手去，光洁的树干没有一丝凹凸，平滑得如同丝绸，它沙沙地摆动着叶子，仿佛在迎接她，阳光从叶片间洒落，点点碎屑落在地上，周遭静谧安详得像一首诗。

她想，予桐也许就像这棵树一样，只是不再说话、不会再笑，但他仍有生命，仍能感受风雨冷暖，他在微风中轻轻摇动臂膀，雨天舒展身躯，他以这样的方式存在着。

不远处传来人声的喧嚣，刺儿踮起脚来，隔着花园能看到邻居家的窗口，许多人影晃动着，许多声音此起彼伏，喊着一、二、三——一个巨大的衣柜被搬出门外，邻居在搬家呢，刺儿好奇地看着，直到听到夏英远远的呼唤声。

“刺儿！刺儿！有客人来了！”

“啊？”

这个时候，会是谁呢，刺儿想不到这个客人会是谁，心中好奇，不由得加快了脚步，还没走进房门，就听到了一个熟悉的声音，一个让人心中发热的声音。

“刺儿？刺儿！你真的在这里。”

“啊，大头……”

大头眼中闪烁着欣喜的光，他还是老样子，兄长般的憨厚稳重，刺儿看到他的大脑袋，不由自主地笑出了声。自从丧礼过后，两个人就再也没见过面。大头因为刺儿说过的谁都不相见，也就再也没有出现过。

“刺儿，你一切都好吗？”

“我……”——我很好——这几个字还没有说出口，刺儿觉得眼泪都快掉下来了，此刻的大头就像她唯一的亲人，大头看到刺儿躲闪的眼神，表情充满了关切。

“刺儿……要是过得不好，就和我回家去，我的母亲……和我，都非常想念你。”

“不……我很好，我真的很好。”刺儿摇了摇头，拼命忍住眼里的泪：“我们马上就要搬到新家去了。”

大头默默地点了点头，有一点悲伤，他对刺儿的感情向来是努力了解却不能懂得，她是那样坚韧内敛的女子，不幸的是，他也是这样的男子。

许久，大头看着窗外的天空，轻声说："既然要搬走了，我们一起到附近走走吧。"

刺儿笑了："好啊，很舍不得呢。"

两个人沉默了一下，一起笑起来，刺儿说："你等等，我换球鞋。"

走廊里遇见夏英，她说，很久不见你那么多笑了呢，孩子似的。

"真的吗？"

明知道是玩笑，刺儿还是忍不住这样问，大头，带着小镇温暖到来的人，确实或多或少地给刺儿带来了一丝暖意。

刺儿和大头并肩走在院子里，风把树叶吹得沙沙作响，大头显得对树很感兴趣。

"这是一棵梧桐。"

"哎？"

"你看它的叶子，硕大碧绿，树干笔直，这就是一棵梧桐，一棵漂亮的梧桐啊。"

"梧桐……和我的那个朋友，倒是很像呢……"

“朋友……男朋友？”

“不是啦，我们快走吧，有一家店的关东煮很好吃，晚了就吃不到啦！”

“哎，哎哎，不要拽我衣服啊！”

十分钟后，两个呼吸急促的人坐在了一家十平方米左右的店里，笑容满面的老板娘给他们拿来了菜单，点头向刺儿示意：“好久没来了呀，怎么，你的男朋友没来吗？”

“啊？啊……哪有！那是我的……只是普通朋友。”

刺儿有些不自在，但在老板娘的眼中，却是害羞。

“哎呀，真的不是男朋友吗？”

“……”

老板看着坐在一边的大头说：“哎呀，他们真是漂亮的一对人呢。”

大头笑着望向刺儿：“真的不是男朋友吗？”

刺儿恍惚了，好像周围的一切都坍塌了，向她涌来。

刺儿低下头，捂住了胸口，突如其来的剧痛袭击了她，她疼得几乎无法呼吸，大头惊慌起来，他握住她冰冷的手：“你怎么样？要不要叫救护车？”刺儿无力地摆摆手，趴在桌上，眼前的景物渐渐模糊，大头的声音如同潮汐般渐渐退去，脑中渐渐一片空白，剩下的，只有心痛，心痛。

“真的不是男朋友吗？”老板问。

“真的不是男朋友吗？”大头问。

“真的不是男朋友吗？”自己问。

“真的不是男朋友吗？”予桐问……

11

在雨中

太阳千篇一律地先照亮了东半球，刺儿的生活陷入了一个循环往复的错乱生活。而时间，不会因为谁的犹豫而放慢脚步，它义无反顾地走向不知名的前方。

太阳千篇一律地先照亮了东半球，刺儿的生活陷入了一个循环往复的错乱生活。而时间，不会因为谁的犹豫而放慢脚步，它义无反顾地走向不知名的前方。

距离上次的海边之行，已经有一段时间了，刺儿不明白自己的生活为什么依旧没有变化。就像在与予桐初次相见的那个夜晚，她曾几次企图逃跑最终以失败告终一样，她发现原来人想摆脱一种生活状态，是如此的不容易，更何况，现在的生活，有太多的不舍，太多。

她依旧在予桐上班前陪他在风林会馆喝一杯咖啡。

他们仍然是天南地北地聊着天，只是对话里没有夏英。

她依旧在夏英感到寂寞的时候陪她入睡。

她仍然是睡在夏英的位置上，而夏英和小兔子睡在予桐的位置上。

她依旧在早晨起来的时候看到满脸疲惫却异常兴奋的予桐。

这是属于他们三个人的生活。

这是一个慢慢走向绝望的生活。

充满阳光的午后，予桐在院子里为植物浇水，水滴像细雨般落在绿色的枝干上，晶莹地划过细嫩的叶脉，树梢下浮现出三色彩虹，瞬间，院子里笼罩一片蒙蒙的雾气，弥漫开来的雾气不知为何让人觉得十分温暖。夏英就站在窗口，看阳光静静地洒在予桐干净的脸庞上，他宽厚的肩膀，他温暖的背，他修长的身，他日渐远去的背影……她多么希望，这一刻，就是永恒啊。

予桐烧得一手好菜，但最近经常发挥失常。两个人默不作声地坐在餐桌的两旁，吃着有些烧焦的秋刀鱼。

“把盐递给我，好吗？……谢谢。”

予桐是什么时候开始对自己这样客气了呢？夏英不知道。她的粗线条神经决定了她不是一个善于洞察世事的女人，而予桐最近反常的举动，一下子抓到了她的这个弱点。她有些愤怒，有些恼火，感到委屈，甚至是懊恼自己的无能。

夏英一下子将手中的碗摔到了地上。

“为什么？！为什么变成这个样子了呢？！！！”

予桐一愣，没有说话，蹲下身去慢慢地收拾残局。夏英将予桐好不容易收拾在一起的碎片一脚踢翻。予桐站起身来，依旧一言不发。

“你说话啊！最近，你最近到底怎么了？！”

“……”

“你说话啊！！！”

“……没什么，有些疲惫。”

“……不……不对……”

眼泪，忽然夺眶而出，夏英满脸的怒气顷刻变成无助与悲伤。

“予桐……”

“……”

“如果我有什么做得不对的，我可以改，我们可以沟通，可以争吵，可以打骂……但是，绝对不能沉默，你……明白吗？”

予桐嘴角抽动了一下，眼神不易察觉地黯淡了一格。

“你太累了，好好休息吧，我去工作了。”说完，予桐起身准备离去。

夏英望着予桐的背影，望眼欲穿，却也难掩无尽的绝望。

“予桐……”

“嗯？”予桐回过头来。

“老公，今天晚上，我煲了汤，回家吃饭吧！”

予桐苦笑了一下。这是他们曾经乐此不疲的游戏。每次夏英惹予桐生气，都会说这样一句话。而夏英是不会煲汤的，而予桐晚上需要上班，也是不回家吃饭的。每次这样说，予桐总会哭笑不得地原谅她。而这次，予桐站在原地，定定地看着她，夏英的脸，憔悴了好多。

“你该好好休息了。”

予桐的表情，让夏英感到彻底的绝望。

“予桐……今天晚上，我煲了汤，回家吃饭吧……”

予桐摇了摇头，转身离去。

窗外，黑夜的阴影迅速将他犹疑的背影，吞噬。

风林会馆。

予桐与刺儿。两杯蓝山咖啡。

刺儿轻轻搅动手中的汤匙。咖啡入口，丝滑、细腻，淡淡的微酸过后，是回甘。

“你今天的话很少。”

"……"

"时间差不多了，你该去酒馆了。"

予桐喝了一口咖啡，抬头看着刺儿的眼睛。良久。

"今天不去了，我们去海边。"

"去海边？！现在？"

"对，现在，去海边！"

不由分说，予桐拉着刺儿的手，跑出了风林会馆。门口是一群不明不白的人，"小马来"混迹在其中，在身后看着两个人离开。

夏英提着大包小裹的东西，跌跌撞撞地走进屋。她来不及休息，慌忙地拿出袋子里的东西，蔬菜、肉、鱼、一些调料，还有一本书，封面上写着：靓汤。

予桐开着车，缓缓驶向郊外。朝山顶的方向开去。刺儿将脸贴在车窗上，窗外的灯光越来越少，越来越微弱，直到，漆黑一片。一直生活在都市里，很少真正体会到夜晚的黑暗，山里的夜是名副其实的黑暗。

屋里一片红火，夏英一手拿着煲汤的书，一手拿着锅铲。锅里的油显然已经烧到极热，冒着黑烟。刺儿手忙脚乱地将整块肉丢到了锅里，顷刻炸了锅，夏英慌忙拿手中的书去挡锅里溅出的油。手臂还是被热油灼伤。

车到山顶时，雪深了起来，未被践踏的雪掩住了下面的荒草，刺儿想，心里的悲伤，也能轻易被掩住吗？树梢上的积雪不时地发出干涩的响声，大片大片的雪落到地面。悄无声息地与先前的雪融为一体，没有人能看出它们的不同。

厨房内一片狼藉，夏英身上也是狼狈不堪。她将已经煲好的汤、炒好的菜纷纷端到桌子上，黑乎乎的一片。夏英点上了蜡烛，将玻璃杯里斟满红酒。夏英安慰自己：卖相不好，味道还是不错的。

刺儿走下车，小巧的黑色皮靴踩在积雪上，发出咯吱咯吱的响声，真好听。

桌上的蜡烛已经燃了大半，夏英不停地看表。

予桐踩着她的脚印，一步一步地跟着她慢慢前行。

夏英打电话，酒馆里的人说予桐今天没有上班。蜡烛燃灭，落下最后一滴血红色的泪。

两个人就这样慢慢走着，谁也没有说话，就像所有电影中的抒情段落，这是一个不需要对白的场景，只是，此刻，两个人心中都泛起一丝空荡的茫然。

夏英看着满桌子的菜，看着空荡的房间，瘫倒在地，深深地埋下头，崩溃哭泣。

再走几步，就是护栏。刺儿的脚步忽然停住了，予桐也随之停下。

夏英使出了全身的力气，将桌子掀翻，汤、菜、蜡烛、红酒。

护栏的前方闪出冬天的大海，波平如镜，一片湛蓝。所见之物，无不像被曾经的回忆吸附过去。

夏英感到头晕得厉害，胸口呼吸困难，晕倒在地。

予桐静静地站在刺儿身后，刺儿面对大海，心，紧紧闭了起来。

……

夏英是被予桐的弟弟送到医院的，他当时敏锐地察觉到夏英的反常。所幸，夏英安全地脱离危险，否则刺儿是无论如何也不会原谅自己的。

予桐整日整夜地陪在夏英地身边。

夏英终于醒了。眼前是予桐消瘦的脸，双眼因为连续几天的熬夜，已经有些深陷。夏英的眼泪在眼眶里打转。

刺儿到医院看望夏英，这一切，她看在眼里，心里的阵痛一下……一下……传遍全身……

又是风林会馆。

仍然是予桐和刺儿。依旧是两杯蓝山咖啡。

窗外的天空，更阴了，乌云压境，使人透不过气来。

两个人很有默契地一起用汤匙搅动面前的咖啡，两个人的眼中，都是旋涡。

“……我们真的不要见面了……真的真的……”刺儿的头更低了。

“……你知道……这不是办法……”予桐看着刺儿的眼睛，这双曾经没有杂质的眼睛，如今蒙上了一层灰。

“那，那什么才是办法？”

“……”

“……”

刺儿也知道，这是个没有答案的问题，否则，三个人都不会像现在这样痛苦。

“这一切，我会处理好的。和你没有关系。”

“你？”

“你听到的，我会把一、切、说、清、楚。”

予桐的表情痛苦而决绝。

“不可以。”

“我们不能再这样下去了。”

“不可以不可以！”

“……”

“不可以不可以不可以！！！”刺儿捂住了耳朵，她不愿意再听，更不愿意去想，她不愿意去面对，更不敢去面对，把一切说清楚？怎么可能？！我们精心地伪装一切，我小心翼翼扮演自己的角色，就是不想要这一天到来。不可以不可以不可以！！！

予桐握住了刺儿捂住耳朵的手。

刺儿挣脱。

予桐再次握住了刺儿的手。

刺儿再次挣脱。

予桐死死地握住刺儿的手。

刺儿再也无法挣脱……

刺儿抬起了头，已然泪流满面的脸，没有丝毫的余地容纳任何外界的侵袭。

予桐用坚定的眼神看着她，那是一种怎样温柔的目光啊，温柔得似乎要将她穿透。刺儿恍惚地觉得一切都没有发生，就像他们初次相见的夜晚，在那一瞬间，世界万物，都已不存在。

“相信我，这件事，交给我处理。”

“……”

“等我的消息。”

“不行啊……”

“我知道该如何做。”

窗外，忽然下起了大雨。东京的冬季。罕见的一场大雨。

有人说这是寒流与暖流在东京上空交汇所造成的，有人说是暖冬效应，有人说是大气污染，有人说是核武器的后遗症反复。人心惶惶……

但刺儿相信，这一场雨，是为她和予桐所下的。

走出风林会馆时，倾盆大雨。

两个人上了一辆出租车。

予桐希望能够和刺儿一起坐在后面，可刺儿执意不肯。予桐看着她坚定的表情，笑了，这个女孩就是这样，虽然已经动了感情，但两个人之间总要保持距离。和他生命中的女人大不相同，可越是这样，她便越是如此的可贵……

予桐没有再说什么，自己坐到了前座。

一路上，两个人都没有再说话。

下车那一刻，电闪雷鸣。

予桐看着刺儿的脸，良久，说道：

“……可不可以……”

予桐没有说什么，目送刺儿离去，就那样一个人站在瓢泼大雨中。

—— 如果刺儿知道那一次是她最后一次见到予桐，她一定会给他一个拥抱。

—— 如果她知道，那是她最后一次看到予桐的背影，她一定不会绝情地转身离去。

—— 如果她知道……

—— 可惜，没有如果。

那年的冬天，认识予桐整整一年的日子。

刺儿忽然发现了逃跑的意义。

它使惩罚变得遥远，同时又延伸了快乐。

12

不为人知的秘密

“有些事，要一个人做才有意思。”

潮湿又炎热的午后，一辆行驶中的巴士，好像是梦境，又好像不是。

零星的阳光洒在路上，白色的分道线在车底快速闪动着，逐渐变成一条灰色的轨迹，车行驶得越快，花园便消失得越快，刺儿把头伸出窗外，凝望着在这个午后渐渐流逝的花园，直到它越来越小直至隐没不见，刺儿这才怅然地回过头来。

她环顾四周，空荡荡的车厢里只有她一个人，广播里放着一首轻快的音乐，好像是*Lemon Tree*（《柠檬树》），男人的声音飘乎得有些不真实，窗外的景色也像是一幅生硬的油画，车越开越快，窗外一片灰白，仿佛要开到虚空里去。

她这时候才开始惊慌，想喊，却像被卡住喉咙般无法出声，她努力朝驾驶室跑去，那里竟然空无一人，车身开始剧烈地摇晃，原来脚下的路已经尽是凹凸的石块，她惊呼一声，路的前方是一座悬崖，车笔直地朝悬崖开去，她开始怀疑这是梦境，然而心却狂跳不止，她急于抓住手边的任何一件东西，座椅、吊环或是栏杆，然而碰触到它们便会在瞬间消失不见，她更加确定了这是梦境，心里充满超然的宁静，然而车身骤然翻滚，她的身体悬空，无处倚着，随着一声钝重的撞击，她的意识仿佛瞬间被抽空的血液，呈现出一种干瘪的苍白。

时间就此凝固了，如何踏入深夜永不归来的旅人，意识随着身体渐渐沉入虚空，刺儿只感觉到整个身体沉下去、沉下去，慢慢地，连感觉也消失了。

大头接过夏英递过来的水，点头道谢，夏英忧虑地坐在他身旁，两个人一起看着熟睡中的刺儿，大头看着她极长的微微扇动的睫毛，顿时生出一丝爱怜，又见她呼吸平稳，心中稍稍平静。

“她没事吧？”夏英轻声问。

“在店里就快晕倒了，她说不去医院，只想回家来，我把她背回来，她伏在我背上就像睡着了一样，也许是贫血吧？”

“……她身体一向不太好……”

“……是啊……”

窗外突然传来巨大的声响，像是什么东西轰然倒地，人们沮丧地呼叫，大头和夏英急忙跑出门外，他们被眼前的一幕惊呆了。

呼吸渐渐柔和，脸庞能感觉到阳光的温度，花香、鸟鸣声，溪水的淙淙，有一丝凉意钻入身体，仿佛冬天的身体要在春天醒来，耳边有毛茸茸的气息，有人在轻轻呼吸，一个熟悉的声音在低声叫着自己的名字……

“刺儿……刺儿……”

“啊……？”

逆光下，是予桐棱角分明的脸庞。

“刺儿，你怎么在这儿睡着了呢？快起来，跟着我。”

“我们去哪儿？”

“跟着我——”

予桐拉住刺儿的手，并不给她考虑的时间，便朝一条杂草丛生的小径跑去，刺儿跟在他身后，心中充满欢喜。

那是一条极窄的小道，荆棘密布，道路泥泞，予桐紧紧地拉住刺儿的手，挡住前方的利刺，两个人深一脚浅一脚地行进着，不知走了多久，道路逐渐宽广，天色湛蓝，路边的野花兀自怒放，一派明媚景象。

“你听……”予桐说。

“啊……”

有巨大的流水声从耳边滑过，仿佛就近在山的另一边，空气骤然变得清新，充满花的香甜和水的清凉，予桐拉着刺儿奔跑起来。

穿过一片开阔的野地、一片幽暗的沼泽和一座小小的山坡，他们到达了那里。

“啊……”刺儿不敢相信地惊叹着眼前的一切。

飞流直下的雄伟瀑布积蓄成一个幽蓝的水潭，又汇集成一条清澈的小溪，不知名的藤蔓植物纠缠着挡住天空，只落下丝丝缕缕的金色光线，数百只五彩斑斓的蝴蝶栖息在枝叶上，翅膀微扇，美丽无比，他们朝水潭中心的小岛走去，那里漂浮着星星点点的银色亮光。

他们走近了，脚踝踏入幽凉的水里，刺儿才发现那一片流动的银色是一群人类模样的精灵，他们体积像蝴蝶那样大，周身透明，只有翅膀像覆盖银粉的蝶翼，他们好奇地围绕着刺儿和予桐，在他们脸上投下流转的光晕。

“他们是爱神。”予桐轻轻地说。

刺儿抬头凝望，精灵们有着清澈的眼睛，他们围成一圈仿佛簇拥着什么，啊，那是一个有着粉色翅膀的小女神，她的嘴里衔着一粒浅蓝色的宝石，在黑暗中熠熠发光。

“闭上眼睛。”予桐说，他的语气温和而不容反驳，漆黑的眼睛像某种汁液丰富的浆果。

刺儿闭上了眼睛，在黑暗中等待着，直到脸颊因为激动而发烫。

“现在可以睁开了。”

那是黑暗里短暂的一瞬，刺儿的脸被柔和的光芒照亮，那粒浅蓝色的宝石安静地躺在她的手心，温柔得恍如婴儿。

“这是爱神的眼泪。”予桐轻声说。

“为两个相爱却不能在一起的人而流。”

流水的声音突然停止了，四周一片漆黑，手中闪烁的只是这颗小小的宝石，那么晶莹，那么温润，这真的是爱神的眼泪吗？刺儿的心震动着，抬头看向予桐，然而心却在一瞬间悲伤起来。

爱神的眼泪，为相爱却不能在一起的人而流。

微光中予桐的脸，还是那样充满了熟悉的玩世不恭的笑容，他的存在过一样。

“予桐！予桐！”刺儿大声呼喊着，然而四周却空无一人，瀑布的声响突然消失了，水流停止，青草枯萎，精灵的光芒在一瞬间不见了，刺儿感到身体微微僵硬，感觉滞留在身体之外，仿佛从梦境里强行脱离而遗忘了肉体。

我在哪里？

予桐，你又在哪里？

只剩下紧紧握住的手，手中还有蓝色宝石的温度，温润中带着冰凉，那是予桐唯一留下的吧，即使在梦中，也是唯一的。

不记得在梦中穿过多少漆黑的走廊，意识渐渐苏醒。

“刺儿！刺儿！”

熟悉的声音在黑暗中响起……是夏英……夏英和大头……哦……我要醒来了吗？

“刺儿，刺儿！”大头握住刺儿的手，她看到刺儿的脸色渐渐变得苍白，不由得加大了声音，刺儿的眼睛像脱茧的蝶那样睁开，湿润地打量着这个世界。

“你醒了！太好了。”大头欣喜地说。

好亮——突然睁开的眼睛无法适应突如其来的阳光，再一次紧紧闭上了，她是多么不愿醒来啊，不愿从有予桐的梦境中醒来。

闭着眼睛，她感到有人在紧紧抓住她的手，是大头，她这才想起她紧握的拳头，里面是爱神的眼泪，她从大头手中抽开了自己的手，紧紧贴在胸前，手心里仿佛还有予桐的气息，她十指紧握，生怕稍一松开，那枚蓝色宝石便会蒸发不见，然而手心所感觉到的虚无让她害怕。

在摊开手掌之前，她的心里乱极了。

这是予桐唯一留下的……如果它消失……还有什么能证明我们相爱过呢……

……没有……从来就没有……

不！一定有的！怎么会没有？！

她的右手伸展开来，细长的指头孤零零地袒露着，里面什么都没有。

刺儿的心一阵抽痛，她低下头，呆呆地望着空无一物的手心。

有的！一定有的！

一个声音在心里呐喊，她这样想着，睁开了眼睛，她起身，在大头和夏英惊讶的注视下飞快地跳下床，奔进一个又一个搬空的房间，疯狂而盲目地寻找着一切他们相爱过的证据，相片？没有！礼物？没有！书信？也没有！

什么也没有吗？可是你刚才，才在我手心里放了一滴爱神的泪呢。

那些曾经说过的遥远的话渐渐消失在空气里，你的声音、气味、微凉的指尖，通通不见，留给我的，只是无尽的回忆。

刺儿颓然地坐在地板上，口中喃喃地说："什么也没有……"

此时"小马来"突然出现在眼前，似乎有话要讲，但始终也没有说出口。

夕阳照了进来，房间里浮满了细微的尘埃，刺儿凝望自己的掌心，它是那样的苍白，即使在金黄的夕阳里也是苍白的，手心长满了曲折的纹路，仿佛树叶的脉络，在那一刻，她突然想起了窗外的树。

她站起身来，发现了站在她身后的夏英，短短的几天，夏英的面容就因为悲伤而憔悴，她们默默地对视着，良久，刺儿开口说：

"我想去看看那棵树。"

"别去了。"夏英的眼里闪过一丝犹豫。

"为什么？"

"那棵树……今天早上的时候，已经……"

还没等夏英说完，刺儿已经跑向了门外，夏英叹了口气。

把大门打开，金色的阳光直射向她的眼睛，那是太阳终结前最华丽的光芒，她感到眼睛一阵刺痛，而周身却一阵温暖，她迎着夕阳跑了出去，她想，夕阳中的梧桐将是多么美丽呀。

阳光愈加刺眼了，她几乎睁不开眼睛，于是她闭上了它，眼前的橙红色凝聚成一片片的浮云，一步、两步、三步，她知道树生长在哪里，她和他是多么熟悉。

她的手就要抚到他的枝干了，她的指尖微微颤抖，然而触到的却是一片虚空，就像醒来时空空的手心，她不敢相信地睁开了眼睛，眼前的树，以俯卧的姿势呈现在她面前，失去水分的树叶变成淡淡的墨绿，它的根部已经折断，无数纤长的根茎无助地暴露在阳光中。

这不是真的吧?

这是予桐的树啊……

惊慌在瞬间袭击了她，她只觉得心里空茫一片，她的手从空中滑落，身子也不由自主地瘫坐到地上，她像个被遗弃的孩子那样小声哭了起来。

有风吹过，树叶的沙沙声仿佛还在耳边回荡，刺儿用手轻轻地抚摸着树的根部，突然，一抹小小的绿色跃入了她的眼睛，那是多小的一片叶子啊，就生长在树根的旁边，像一个微小可爱的希望，刺儿的心突然柔软起来。

她低头仔细地看着，小叶子的旁边，还散落着许多的嫩芽，像孩子洁白的萌牙，又带着毛茸茸的绿色，从松软的泥土里好奇地探出头来，这是树的孩子吗？她想。

突然，一个咖啡色的小点吸引了她的注意，像是布的质地，柔软地趴在绿芽的下面，她轻轻一提，它就松软地整个呈现在她面前了，那是一整个咖啡色的小袋子，像手机袋那么大，不是很沉，却也丰满，把它轻轻拎起来，一粒粒棕色的小豆子就从空中掉了下来。

在阳光下散发着细腻的光泽，有那么七八个，已经发出了绿色的芽。

那是咖啡豆，予桐的咖啡豆。

刺儿嘴角带着笑，想起了她和予桐的每一次约会，予桐都会偷偷从咖啡机里拿出一颗咖啡豆。

“这是做什么用的呢？”自己好奇地问。

予桐做了一个“嘘”的手势，仍是那样玩世不恭地笑着。

“有些事，要一个人做才有意思。”

1、2、3、4……她把它们摊在手心里数着，恰巧是28颗，他们约会的次数。她的眼前又浮现出予桐那张带着狡黠微笑的脸。

“有些事，要一个人做才有意思。”

风声渐渐小了，太阳把天边映得一片血红，刺儿紧紧抱着这个小小的布袋，眼里含着泪水，好久好久了，这是第一次因为幸福而落泪。

她清楚地明白，他对她的爱，埋藏在他心底最无人知晓的地方，随着树的生长，它钻入泥土越来越深，永远隔绝了太阳，只能盛开在无人知晓的黑暗中，可就是这样的黑暗，也阻挡不了它们执着地发芽。

那一刻，刺儿忽然明白，原来有些爱情，是不需要证明的。

就像予桐的遗体火化前，她偷偷塞在他手里的一颗咖啡豆，一样。

……不管你藏得多么好，还是被我发现了……

她流泪微笑。

……这不再是你一个人的秘密了……

13

又在雨中

他们的到来和离开就像同一场梦。

不知从何开始，

却戛然结束。

又一季过去了。

刺儿已经适应了新的生活。

她已经不再去思考曾经的爱情，曾经是否被爱过，曾经的爱是否还存在……

这些曾经困扰她的问题，就像予桐的名字一样，成为遥远的回忆的一幕。

她依旧与夏英生活在一起，两个人小心翼翼地避免提到以前的事。

生活保持着一种微妙的平衡。

直到有一天，另一个男人的出现，打破了这种平衡。

夏英的新男友，一个高高大大的美国人。

两个人同出同进，亲密极了。

刺儿的心里突然泛起一种半是悲伤半是愤怒的情绪，她不能容忍自己死命守住的秘密换来的却是夏英对予桐轻而易举的遗忘。年轻的她更不能够理解，这也许是夏英忘记予桐唯一的办法。

那时，刺儿的心里充满了悲伤与恨。

某个乌云密布的午后，刚刚下课，大家纷纷走出教室。

夏英和她的美国男友卿卿我我地在一起走着，那个男人在夏英的耳边说了些什么，夏英大笑着去追打他，整个走廊都回荡着他们的笑声、追逐声。还有，同学们的侧目。

刺儿忍无可忍，走到夏英的面前，用响亮的声音说出了一句让她一辈子都后悔的话。

“你这样做对得起予桐吗？他才走了几天，你就这么无情放肆，不自重……”

静。

很静。

走廊里一下子静得可怕。

与所有刺儿预想的情景不同，夏英一句话都没有说。

她愣在原地，看着刺儿。

片刻，她发出了号叫般的哭声。

那哭声，是接近死亡的哀号。

她疯了一样跑了出去，刺儿甚至没来得及看到她的眼泪。

等刺儿反应过来时，夏英已不见踪影。

很快，教务处主任找到刺儿，表情凝重地对她说："我的丈夫几年前，去世了。你知道吗，当自己心爱的人离开自己，你想借着酒精、借着人群、借着热闹来暂停一下对他的想念。但越在喧闹中，偏偏越是思念心中所爱的人。"她看着刺儿，声音低哑地继续说："你根本不懂得一个失去爱人的人的内心，是多么的痛苦和无助。你今天的做法，就是在她绝望的伤口上重重撒了一把盐。你必须要把她找回来。"

刺儿瞬间感到酿下大祸，接下来的几天，她去了夏英的住所，看到是门锁紧闭。还有她们常去的一些地方，问了她们相识的同学，都杳无音信。

雨。

下雨了。

居然又是——雨。

窗外下着很大的雨，就和予桐离开那天一样。

夏英就这样消失在雨中。

予桐和夏英就这样消失在雨中。

从那以后，她再也没有见过夏英。

他们的到来和离开就像同一场梦。

不知从何开始，

却戛然结束。

某一天，刺儿和“小马来”不期而遇，他向刺儿坦白心底的恐惧、自责、愧疚和不安，这是他心底的秘密。但在见到刺儿时，因为对哥哥的愧疚和自责，使得他向刺儿诉说了长久以来的心底的秘密。

他因为在马来西亚得罪当地的黑帮，而偷渡来到日本。在这里语言不通、四处碰壁，难以维系生计，便写信向哥哥求救，这封信成了这一切事情的开端，和最终引燃爆炸的火星。哥哥为了他来到日本，暂时放弃了如日中天的事业，来到了东京新宿的歌舞伎町。

他跟着哥哥在歌舞伎町混迹，认识了一批黑社会。可能是对方的主动示好，可能是他没有可以诉说的对象，他和这批人迅速熟络、称兄道弟。哥哥每个月给他的生活费，都被他用来请朋友吃吃喝喝。看着哥哥每天深夜带着假面去应酬，不是不心疼，而是自己没有能力回应、报答。当有人提议一起合伙做生意，他几乎是立刻答应：因为对方是朋友，因为不想哥哥这么累，因为太年轻。他投机取巧，竟然瞒着哥哥借了朋友推荐的高利贷。

这个事情一旦发生，就不再停止。每次还的钱都堵不住利息，催款的电话越来越勤，甚至还有人找上门，找到俱乐部。最终的一切，还是被哥哥知道。哥哥为了保护他，决定挺身而出。但是没想到哥哥为了他……离开了世界……

他躲起来谁都不敢见，不知道事情怎么会变成这样，不知道如何挽救。“小马来”说他现在唯一能做的就是向哥哥喜欢的女孩子，坦白自己的内心。希望尽可能地来弥补过错，但他深知一切已无力改变。

这个真相，让把刺儿本就暗淡迷茫的日子变得更是难熬，她不知道接下来怎么往前走。

广田真实来信说自己马上就要结婚了，结婚对象是那个分手的木村。信中还说，她爸爸决定回中国了。这封信把刺儿拽回到初到东京的日子。那个时候，广田真实会在周末的某个夜晚突然到访，带睡眼惺忪的刺儿骑着机车狂奔到镰仓海边，面对大海咆哮大叫后，又风驰电掣地带刺儿回到东京。沿途随便找一家居酒屋，两个女孩吃完热气腾腾的的拉面，就骑车离开。刺儿什么也不问，而广田也什么都不说，相视一笑后两个人各自回家。

她们的友谊因为语言隔阂，看似风轻云淡，实则弥足珍贵。

14

樱花迷失于1995

直到眼泪越积越多，怎样都拭不干，像一条小河慢慢流开，流动着巨大的悲伤，流向雪夜。

刺儿睡着了。

梦中，雨点落在地上的声音格外清晰。

她在雨中不停地跑着，停不下来，疯狂地跑着。

漫无方向，漫无目的。

这时，雨变成了雪，冻得她上牙打下牙，浑身筛糠般地颤抖。

醒来，她出了一身冷汗，窗外，下起了大雪。

大头又在喊她的名字。声音越来越近，却看不见人。

刺儿惊慌地寻找。声音就在耳边，却还是不见人影。

她又醒了，发现自己躺在床上，从头到脚包得严严实实，大头就守在旁边。

“谢天谢地，你终于醒了……太好了，醒了就没事了，你要不要喝水，饿吗……我们在山脚找到你的时候，埋了半身雪，整个人都冻僵了，你昏迷了三天了，我们都以为……还好，还好，醒了就好……你……你没事吧？要不要去厕所？……”

大头兴奋得喋喋不休。

窗外，雪依旧纷纷扬扬地飞舞在空中，刺儿气若游丝地吐出几个字。

“……弄丢了……我把他们弄丢了……”

大头一脸疑惑，他听不懂中文，也不明白刺儿的意图。只能一脸关切地继续喋喋。

刺儿一下子想起了很多事。

——那个雨中的拥抱，她好后悔，好后悔自己没有勇气去接受那个拥抱。

——那个离别的拥抱，她轻拥怀抱予桐骨灰的夏英，那是她和予桐唯一的一次拥抱。

——那个温柔的眼神，初次见面的夜晚，予桐温柔的眼神。

——冬天凛冽的海，海边予桐的歌声，穿透夜空静静盘旋在耳边。

——那个乌云密布的午后，夏英爆发前，学校寂静的走廊。

——还有，还有……

刺儿闭上了眼睛。

一滴眼泪掉落在大头的手背上。

刺儿用指尖拭去。

又一滴眼泪。

刺儿再次拭去。

拭着拭着眼泪又一滴一滴地掉落，刺儿就一滴一滴地拭去，直到眼泪越积越多，怎样都拭不干，像一条小河慢慢流开，流动着巨大的悲伤，流向雪夜。

那天，是予桐的周年忌。

——黑暗中你的哭泣是纷纷飘零的樱花瓣。

——无声。

——却绵延不绝。

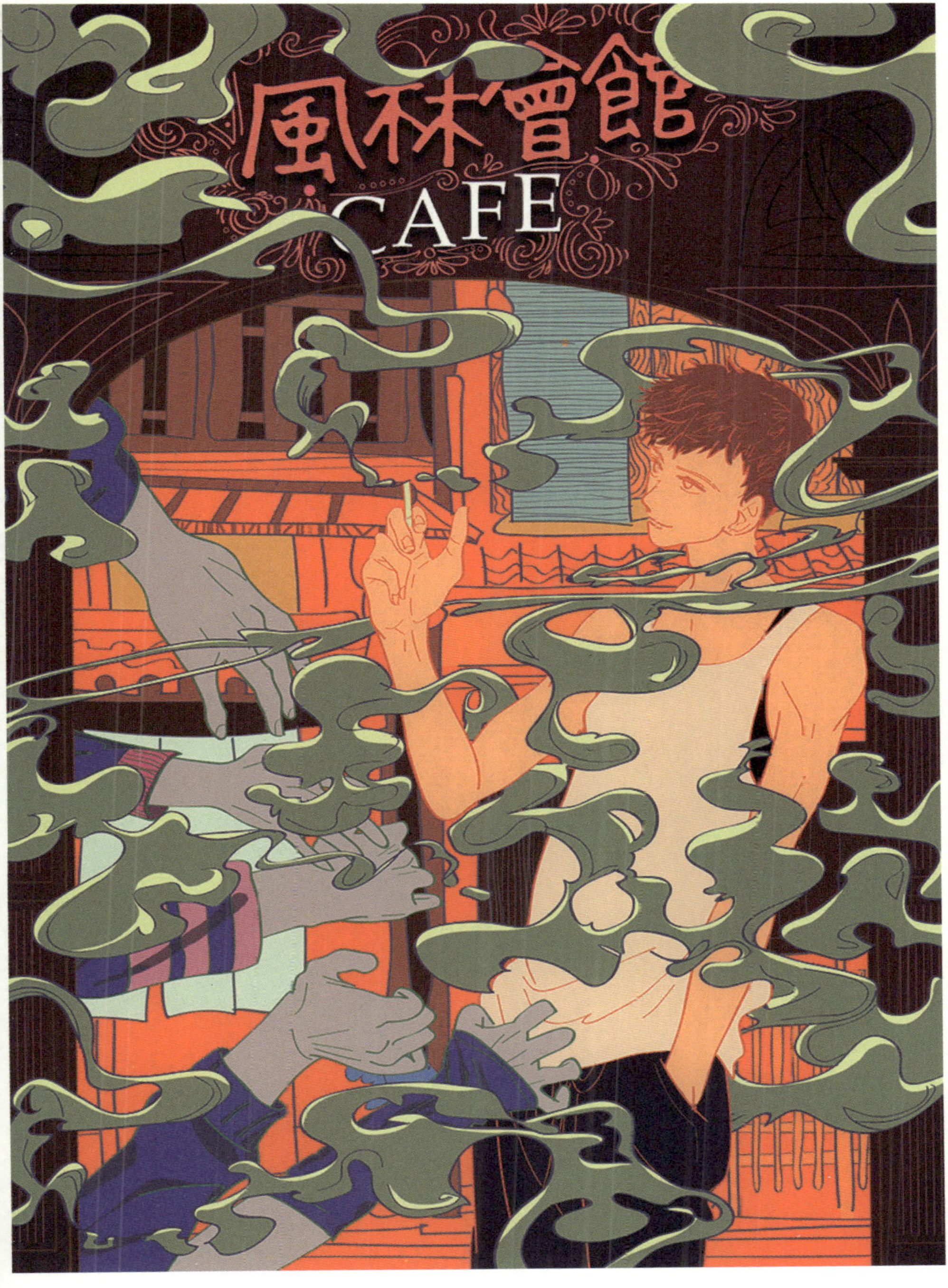
風林會館
CAFE